詩는 내게 과분한 축복이었노라

-나의 詩, 나의 人生

▌김대규 시인의 文鄕詩話 ▌

詩는 내게 과분한 축복이었노라

-나의 詩, 나의 人生

김대규 지음

自序

　문향(文鄕)이란 평생을 문학과 고향을 사랑했고, 사랑할 것이라는 마음가짐을 스스로 다짐하면서 지은 저의 아호입니다.

　'나의 詩, 나의 人生'이라는 흔히 접할 수 있는 부제의 이 '文鄕詩話'는 안양문인협회의 사무국장인 장호수 시인의 거듭된 요청 때문에 2013년 4월 5일부터 2014년 6월 3일까지 안양문협 카페에 연재한 것으로서, 다소간의 첨삭을 하고 단행본으로 엮은 것입니다.

　부족한 내용이 많겠지만, 자전적 고백성이 짙은 점을 고려하시어 애정 어린 눈길로 읽어 주시기 바랍니다.

　도서출판 '시인'의 장호수 사장과 원고정리에서부터 편집·디자인까지 맡아준 김은숙 시인에게 고마운 마음을 전합니다.

2016년 12월

김 대 규

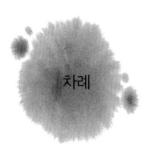

차례

김대규 시인의 文鄕詩話

詩는 내게 과분한 축복이었노라
– 나의 詩, 나의 人生

독서 · 문학에 노크하다

이 글의 첫머리를 어떻게 시작할까, 여러 차례 고쳐 쓰기를 거듭한 끝에 다음과 같이 하기로 했습니다.

1996년도 노벨문학상 수상자인 폴란드 시인 비스와바 심보르스카는 수상소감 연설을 이렇게 시작합니다.

"연설에서는 늘 첫마디가 제일 어렵다고 합니다. 자, 이미 첫마디는 이렇게 지나갔군요."

이처럼 재치있는 예화로 첫머리를 장식한다고 해서, 내 글이 더 돋보인다거나, 이 글의 독자가 별안간 증가할 것은 아니로되, 첫머리를 쓰기가 어려울 때의 구제용으로는 아주 적합한 예화가 아닐까 합니다.

내가 이제부터 쓰려고 하는 것은 부제에 이미 드러났듯, 나의 시와 삶에 대한 이야기입니다. 그러니까 일종의 자작시 해설류의 글이라 하겠지요. 그러나 그냥 일반적인 자작시 해설이 아니라, 시적 동기나 배경이 실생활과 직결된, 환언하자면 '체험의 사실성'에 입각한 자전적인 '시화詩話'인 것입니다.

그렇다고 내 작품들의 질적 수준이 해설 대상의 반열에 올라 있다거나, 시인으로서의 나의 삶이 문자화될 정도로 규범적이라고는 생각하지 않습니다. 다만 나의 삶도 일단 정리해 볼 단계에 이르렀기에, 혹시 초심자들의 시작활동에는 다소간의 도움이 되지 않을까 하는 바람을 조심스럽게 피력해 봅니다.

왜냐하면, 앞으로 다뤄질 작품들은 완성도가 상대적으로 부족한 습작기(학창시절)의 시에서부터 가장 최근까지의, 그러니까 지난 55년가량의 시편들이 모두 포함돼 있어, 시 지망생들이 한 시인의 시적 발전과정이나 시인으로서의 품성 형성과정을 한갓지게 조망할 수 있기 때문입니다.

시인에게 일반적으로 주어지는 질문 가운데 "언제부터 시를 썼느냐?"는 것이 있습니다. 이에 대한 나의 경우를 돌이켜보려 하니, 가슴이 벌써 두근두근, 추억의 쓰나미가 밀어닥칩니다. '문학'과 관련해서 최초로 떠오르는 것은 1950년의 6·25 직후, 초등학교 4학년 때, 이틀 밤에 걸쳐 등잔불 아래서 독파한 이광수의 『이순신』입니다. 당신의 첫 번째 책은 무엇이었는지요. 『이순신』에서 독서의 참맛을 얼떨결에 체험한 나는, 그 후 손에 잡히는 대로 읽어댔습니다. 중학교 시절까지 이어진 독서생활에서 내가 탐독한 3대 소설이 있었으니 코난 도일의 '홈즈' 시리즈와 모리스 루브랑의 '루

팡' 시리즈, 그리고 버로스의 '타잔' 시리즈였습니다.

　그런 와중에 중학교 2학년 때(1955년), 중·고 합동 교내 백일장에서 우수상(2등)을 받고서는 이내 시 쓰기에 흥미를 느끼기 시작했습니다. 그리고는 연이어 그 흥미를 개화시킬 수 있는 일이 생겼습니다. 그 얘기부터 나의 '詩話'를 시작하겠습니다.

'잊을 수 없는 소녀'를 위한 詩

그 무렵 나는 마침 사춘기에 접어들었는데, 바로 옆집에 아리따운 중학생 소녀가 여름방학을 이용해 놀러 왔던 것입니다. 좀 진부한 묘사지만, 훤칠한 키에 하얀 피부, 까만 머리칼에 해맑은 눈동자, 노란 스커트에 하얀 티셔츠의 소녀를 보는 순간, 사춘기 소년의 마음엔 파문이 일었습니다.

그러나 나는 한마디 말도 건네지 못했습니다. 내성적인 성격 탓이었습니다. 그러다가 방학이 거의 끝나갈 무렵, 소녀가 수원의 자기 집으로 돌아가는 시간을 알게 된 나는, 소녀가 새벽 기차를 타러 가는 길섶의 먼발치에서 무언의 전송을 했습니다. 안개 서린 길 저쪽으로 소녀는 총총히 사라져 갔습니다. 꼭 영화의 한 장면 같았고, 황순원의 「소나기」를 처음 읽었을 때는 그 소녀 생각이 불현듯 떠올랐습니다. 그것은 첫사랑의 리허설이었습니다.

그 '잊을 수 없는 소녀'에 대한 미련이 채 가시기도 전에 나의 작은 누님이 소월의 『진달래꽃』을 사 주셨습니다. 나는 그 시집을 밤새도록 통독하며, 그 애틋하고 한스러운 사랑의 시에 깊이 빠져들며 무한한 '슬픔의 환희'를 맛보았습니다. 그래서 나는 그 독후감을 그 시집의 내면지에 다음과 같이 기록했습니다. "나는 가을 하늘과 같은 슬픈 사랑을 생각한다. September. 9.1957. Monday." 소월의 시는 마치 그 소녀에 대한 그리움을 대신 노래해 주는 것처럼 느껴졌습니다.

소녀를 위한 노래

소녀야.

입을 꼬옥 다무려무나.
말이 하고 싶거든
입술을 깨물고
눈으로 하렴.

파란 하늘에 아롱진
너의 이야기는
퍽이나 외롭구나.

별빛이 영롱한 밤이면
어린 공주는 눈물을 흘려
보이지 않는 내일을 울었더란다.
우리 둘도

참지 못할 슬픔이어들랑
조각조각 지워버리자꾸나.

내 어여쁜
소녀야,
입을 꼬옥 다물어 보렴.

　이 시를 보신 국어선생님은 나에게 문학적 재능이 많다고 칭찬을
아끼지 않으셨습니다. 그 말에 나는 기분이 한껏 좋아져서 시를 써
봐야겠다는 마음에 불이 붙기 시작했습니다.

최초로 발표한 詩

高등학교 3학년 동안, 내가 가장 몰입한 것은 詩 쓰기였습니다. 밤을 샐 때도 참 많았습니다. 누구의 지도를 받는 것도 아니고, 그냥 내가 좋아서 무작정 詩에 빠져든 것이었습니다.

그러다가 불현듯, 시집으로 만들어 보면 어떨까 하는 생각이 들었습니다. 그래서 시집 크기의 노트를 만들어, 표지에 제목도 붙이고, 목차도 만들고, 출판사 이름도 써넣고, 뒷면에 판권도 만들어 내 도장을 찍은 인지를 붙여서, 그동안에 쓴 시들을 옮겨 적었습니다. 그런데 그게 근 열 권에 달했습니다. 지금도 몇 권은 남아 있습니다.

그러다가 또 내가 좋아서 쓰는 시들이 남들에게는 어떻게 보일지가 궁금해서, 그중에 한 편을 골라 '동아일보'로 우송해 보았습니다. 그런데 그게 얼마 지나지 않아 학생문예란에 실리지 않았겠습니까. 고3 여름방학 때(1959)의 일이었습니다.

그날 저녁, 나는 밥 먹는 것도 잊은 채로 희열에 들떠 있었습니다. 마치 큰 벼슬이나 한 것 같았습니다. 다음이 바로 그 최초로 발표된 나의 詩입니다.

바닷가에서

그 누가
바닷가 찰랑대는 오선지 위에
푸르스름 달빛의 흡을 받아
아쉽게 기어가는 소라의 노래를 읊었으랴.

전장戰場의 아우성 같은 폭풍우가 이는 밤에
바다는
원수를 내몰고 적진을 빼앗아야 되는
소대장처럼 용감하였다.

쫓고 쫓기고 몰고 몰리는
그러한 뒤흔들림 속에서도
어느 손길이 감싸 주었나,
언제 그런 몸부림이 있었느냐는 듯
다시 먼동이 트는 새날에는
거침없는 템포로 멜로디를 자아내는 온정을.

차알싹 차알싹 차알싹…….

생각은 옛날로 하고 길게 누우면
노스탈자 위에 울음을 남긴 갈매기는 수평선을 넘고,

지휘자도 없는 바닷가의 합창은
그칠 줄 몰라라.

여름방학이 끝나고 등교를 하니, 선생님들은 나를 보고 '시인'이
라고 불러주셨고, 적지 않게 축하의 전화와 편지가 오기도 했습니
다. '시인'이 되는 건 그렇게 즐거운 일이었습니다. 지금 생각해 보
면, 마지막 연 때문에 선자가 뽑아 준 것 같습니다.

단 한 차례의 투고로 성공을 거둔 나는, 이번에는 어느 정도 자신
을 갖고, 다시 한 번 실력을 인정받기 위해서 이번에는 '조선일보'
로 작품을 우송했습니다. 「그 위치에 그 눈들」이라는 좀 고급스러
운 제목의 시였습니다. 시만 소개하겠습니다.

그 위치에 그 눈들

하늘을 도전하는 빌딩과
대지에게 정복된 계절의 센치한 언어는
니힐리즘의 모태母胎.

렌즈를 통하여
ㄱ, K, ㄴ, T, ㄷ, Y …… 부호마다에
가로수의 이름을 띄워 주는
창가에 기대어 서면

시냇물 소리를 먹고
아지랑이가 언덕에 조는 봄,
그 속에 내가 조는 봄과

갈댓잎마다 詩가 되어 흩날려지는
고향의 늦가을,
그 속에 내가 사는
늦가을의 고향이 보인다.

목동의 피리 소리만 들리면 눈물이 나더란
누나의 옛이야기랑은
가슴 깊이 또렷한
또 하나의 메아리를 엮어 놓은 채
시간이 가져다주는 정서와
정서에 사로잡히는 시간을 향락하고….

위치에 시야가 머물면
시야에 위치가 부여되는

— 창(窓)

감옥에 뚫린 그것이 아니더라도
한 점 푸른 하늘은 추억.

소음에 귀를 빼앗긴 지붕 아래로
위치는 은근히 검은 손을
아스팔트 위에 얹어 놓고,
시야는 모든 생각이 응결된 눈으로
초점을 사색한다.

20

첫 시집 『靈의 流刑』에 얽힌 이야기

『영의 유형』(1960)은 나의 시작詩作생활에서의 첫사랑입니다. 그만큼 애착이 가고, 그만큼 잊혀지지 않습니다. 그러나 시집 자체는 흑백 표지에 보잘것없는 모양새입니다. 작품 숫자도 당시의 나의 나이에 맞춰 19편입니다. (그 대신 비교적 긴 시들이 여러 편 포함되어 있습니다)

무엇보다도 소중한 의미는 그것이 고등학교 졸업기념 시집이라는 점일 것입니다. 나는 내가 가장 사랑한 시 쓰기로 보낸 고교 시절을 그냥 지나쳐 버릴 수가 없었습니다. 그래서 그동안 써 모았던 많은 시들 중에서 내 나이만큼만 추린 것입니다.

물론 『영의 유형』이 첫 시집이기에 나의 문학경력의 맨 앞자리를 차지합니다. 〈등단〉 문제와는 관계없이, 나는 이 시집에 맨 앞자리의 영예를 돌리는 것을 아주 흐뭇하게 생각합니다. 그래서 첫사랑이기도 합니다.

『영의 유형』에는 잊을 수 없는 몇 사람이 있습니다.

그 첫 번째가 한하운韓何雲 시인입니다. 나의 시집에 '서문'을 써 주셨기 때문입니다. 그런데 당시에는 멋도 모르고 우쭐(?)해지기도 했지만, 지금 생각해보니 점점 낯이 뜨거워집니다. 왜냐고요? 다음에 인용하는 '서문'의 일부만 보더라도 그렇습니다.

"시인 김대규 군은 올해 19세이며, 안양공업고등학교의 졸업반이다. 여기에 수록된 작품들은 저자가 16, 17, 18세대의 작품이라 하겠다.

이 조숙한 〈무서운 소년〉은 아마 현 세계 시단의 최연소 시인이라 하겠고, 천성(天成)의 시인이라 하지 않을 수 없다. (중략)

이 무서운 소년 김대규 시인의 시고를 내 눈으로 볼 때, 나는 깊은 충격을 받았다. "어쩌면 …" 무조건 감탄하였다.

소년으로서 성인의 세계를, 그 성인의 세계도 성인 자체도 발굴하기 지난한 것을 이 어린 소년이 아낌없이 노출시키고 말아버린 데에 나는 무조건 감탄하였고, 나로 하여 〈무서운 소년〉이라 부르게 하는 까닭이다.

(중략)

우리는 김대규 군을 시인이라 부르는 것을 어느 누구도 인색할 수 없을 것이다. 그리고 앞으로 이 시인을 우리는 두고두고 지켜보아야 할 시인이 아닐까 한다."

다음에 감사해야 할 분은 김창직金昌稷 시인입니다. (나는 당시 김 선생님이라고 불렀습니다) 먼저 나의 시를 가장 많이 읽어 주신 분도 김 선생님이었고, 한하운 시인께서 서문을 쓰시도록 주선해 주신 것도 선생님이요, 내가 『자화상』이라고 고집하던 시집 제목을 『영의 유형』이라고 정해 주신 것도 선생님이었습니다.

이 시집 제호 문제에 있어서, 나는 고등학교 3년 동안에 시와 더불어 살아온 내 모습을 강조하기 위해 『자화상』을, 그리고 김 선생님은 나의 시들이 일반적인 소년 취향의 서정시가 아니라, 나름대로 '영혼의 고뇌' 같은 것을 앓고 있다는 의미에서 『영의 유형』이라는 무거운 제호를 생각해 내신 것이었습니다. 예를 들면 다음과 같은 시가 그러하지 않았을까요.

무 덤

여기
박자도 없고
멜로디도 없는
유령들의 노래가 있어

죽음의
하모니는

예정도 두지 않고
연주를 계속하여

혀를
깨물고
침묵하는
장소에 이르렀다.

세 번째로 **빼놓을** 수 없는 분은 김수환金秀煥 시인입니다. 이 분은 시인일 뿐만 아니라, 『영의 유형』을 인쇄해 주신 분이기도 합니다. 그런데 그 인쇄라는 것이 참 흥미로웠습니다. 지금처럼 여러 쪽이 한꺼번에 인쇄되어 나오는 게 아니라, 맷돌 크기의 쇠판에 한 페이지씩 조판하고, 한 번에 한 장씩을 찍어내는 전근대적인 수작업이었습니다. 그러니 3백 권을 찍어내는 것만으로도 웬만큼 수고手苦가 필요한 게 아니었습니다. 그런 원시적인 손재주로 김수환 시인은 자신의 문학 전집(시·소설·평론 등)을 간행하기도 했고, 어느땐가 안양 문인들의 시낭송회 때는, 정전된 어둠 속에서도 「꿈에서 뵈온 님이」라는 자작시를 한 글자도 틀리지 않고 낭송하여 박수를 받기도 했습니다. 참 매력이 있는 분이었습니다.

위에서 말한 세 분 외에, 『영의 유형』을 간행하면서 재정적인 도움을 주신 두 분이 계시는데, 이에 대해서는 당시 당신들의 뜻이 노출되지 않기를 바라셨기에 내 가슴속에 간직된 감사하는 마음을 다시 한 번 재확인하는 것으로 그치겠습니다.

나의 첫 시집이 세상에 나온 지도 어느덧 53년이 흘러, 앞에서 이야기한 다섯 분은 모두 세상을 떠나셨고, 나 자신도 〈무서운 소년 시인〉에서 〈착한 늙은 시인〉으로 변했습니다. 정말로 빠른 세월이요, 정말로 그리운 추억입니다.

시 「엽서」 이야기

高등학교 졸업 기념으로 시집을 간행했다는 자부심을 가슴에 한 아름 안고 나는 대학생이 되었습니다. (1960) 안양공고 염색과에서 연세대 국문과로 진학한 것입니다.

어쩌다 누군가가 그 변신의 사유를 물으면 나는 단호하게 "詩가 쓰고 싶어서!" 라고 대답했습니다. 그리고는 다음의 말을 빠뜨리지 않았습니다. "이제는 사람의 마음에 물을 들여야지요." 그랬습니다. 시는 사람의 마음에 아름다운 감동의 염색을 하는 것으로 생각했습니다. 그런데 그 사람의 마음에 물을 들이는 시가 써지질 않았습니다. 참 이상한 일이었습니다. 고교 재학 시에는 날마다 잘 써지던 시가, 하수도가 막힌 듯 전혀 나오질 않았습니다. 지독한 슬럼프였습니다. 내 생각에는 이미 시집을 출간한 터라서 웬만한 작품으로써는 체면을 세울 수 없겠다는 과잉 자존심의 강박관념 때문이 아닐까 합니다. 시가 무엇인지도 모르는 채, 한 편의 시를 위하여 밤을 지새우곤 하던 고교 시절이 그렇게 그리울 수가 없었습니다. 그런 나를 구제해 준 것이 바로 「엽서」라는 시였습니다.

葉 書

나의
故鄕은
急行列車가
서지 않는 곳

친구야,

놀러 오려거든
三等客車를
타고 오렴.

─京畿道 始興郡 安養邑 安養里 陽智洞 946番地

이것이 「엽서」의 원형입니다. 당시에는 한자가 상용되던 때라서 지금 보면 좀 답답한 느낌이 듭니다. 그래서 「엽서」라는 편지의 성격상 시의 한 행으로 썼던 한자어 주소는 아예 빼버리고, 다른 한자어도 한글로 바꿔서 소개하곤 합니다. 이 「엽서」의 탄생 동기와 그에 얽힌 詩話는 다음과 같습니다.

나는 고등학교 때까지 서울에 가본 적이 몇 번 되지도 않았습니다. 따라서 마음 한구석에는 서울에 대한 두려움이랄까 거부감 같은 것이 서려 있었습니다. 시골 태생으로서의 자기방어적인 정서가 아닐까 합니다.

그래서 합격자 발표를 확인한 후, 앞으로 4년간을 함께 지낼 국문과 신입생들에게 나 자신의 정체성을 밝혀 주는 '자기소개' 詩를 한번 써보고자 했던 것입니다. 가장 먼저 떠오른 것은 나는 '안양'에 살고, 그들은 '서울'에 산다는 것과 그러하기 때문에 내가 '기차'로 통학을 해야 한다는 점이었습니다. 그래서 서울의 친구들에게 「엽서」를 보내는 형식을 취했고 '급행열차'와 '삼등객차'라는 시어가 등장한 것입니다.

일반인들에게는 짧은 구문인 데다가 약간의 서정성과 시골스런 풍취가 깃들어 있어 그럴듯한 시로 받아들여진 듯싶습니다. 그러나 내 딴에는 나름대로 메시지를 담고 싶었습니다. 그것은 '서울'과 '안양', 곧 특별시와 시골이라는 대칭성을 '급행열차'와 '삼등객차'로 대비시킴으로써 일종의 서민주의를 내포시키고자 했던 것입니다. 환언하자면 '물질 vs 정신', '콘크리트 vs 흙'이라는 주제의식이었지요. 이는 그 이후 내가 '흙의 사상'이라는 연작시를 쓰게 된 시적 사유(思唯)의 원천인 것입니다. (「흙의 사상」 연작시에 대해서는 차후 항목을 달리해서 얘기해 보겠습니다)

그러한 배경에서 '급행열차'와 상대적인 것은 '완행열차'임에도 불구하고 앞에서 강조한 서민성을 내포시키기 위해 '삼등객차'라는 시어를 의도적으로 썼던 것입니다.

이 「엽서」에는 몇 개의 에피소드가 있답니다. 이 작품이 지상에 게재된 것은 대학 졸업 후에 출간된 『양지동 946번지』(1967)라는 시집이었지만, 그보다 앞서 대학재학 중의 시화전에서 최초로 선을 보였던 것입니다. 그 시화전 때, 나중에 연세대 총장이 되셨던 P교수께서 「엽서」를 매입하시겠다고 제의하셨는데, 나는 '돈'에 대한 혐오감, 다시 말하자면 '물질적 대가'라는 설익은 관점에서 거부했던 것입니다. 지금 생각하면, 그냥 선물로 드렸으면 좋았을 걸, 하는 후회가 들기도 합니다.

가요 작사가인 故 박건호 시인과의 일화도 있습니다. 그때나 지금이나 나는 시인들이 작사해야 좋은 노래가 만들어질 수 있다는 믿음을 지니고 있었습니다. 그래서 당시 내가 주재하던 「시와 시론」 동인들과 지구레코드사 간에 가사를 제공하기로 계약을 맺었는데, 그 일을 박건호 시인이 주선했던 것입니다. 그때 제일 먼저 전달된 것이 바로 「엽서」였던 것입니다. 그런데 시간이 지나도 아무런 연락이 없어 박 시인에게 물어보니, 녹음까지 다 마쳤는데, 심의 과정에서 '불가不可' 판정을 받았다는 겁니다. 졸지에 금지곡이 된 것입니다. 그 사유가 궁금했습니다. 박 시인의 설명에 따르면, 작사내용이 너무 '서민 지향적'이라는 것이었습니다. '삼등객차'라는 시어 때문이었지요. 이 일로 해서 계약은 자연 파기되었습니다. (그 대신 김순연, 노용문 두 향토 음악인이 각기 작곡을 해서 노래로 불리기도 한답니다)

한편 이 「엽서」는 나의 고향 사랑의 정서가 최초로 표출된 시 이기도 해서, 내가 개인적으로 만든 엽서에 별도로 인쇄해서 사용하고 있습니다.

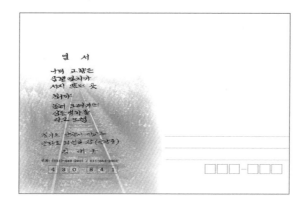

내 사랑의 「비밀」

나이가 들어 회상해 보는 지난날의 추억 가운데 그래도 가슴을 뛰게 하는 것은 '사랑' 이야기가 아닐까요. 나에게도 그런 러브 스토리가 있으니, 그것은 대학생활과 함께 시작된 것이었습니다. 우선 시부터 보시겠습니다.

秘 密

아버지는, 내가
담배 피우는 줄을 모르신다.
술을 마시는 줄도 모르신다.

어머니는, 아침에
책값이라고 받아 간 돈이
다방의 찻잔을 비우게 한 것을 모르신다.

그리고, 내가
한 소녀를 사랑하고 있는 것도 모르신다.

아!

아버지, 어머니는
내가
詩를 쓴다는 것,
그것을 모르신다.

이 「비밀」은 그 제목처럼 나의 성장통成長痛에 대한 고해성사적인
기록입니다. 마지막의 '詩'를 빼놓고 담배·술·거짓말·연애는 모
두 통과제의적인 청소년기의 이벤트들이지요.

그중에서 술은 고등학교 졸업 무렵부터 당시 안양에서 문학 활동
을 펼치시던 정귀영, 김창직, 성기조, 노영수 등의 문인들의 문학
행사 뒤풀이 자리를 쫓아다니면서 배우게 됐습니다. 그러나 담배
는 그게 아니었습니다. 술은 음식이라고 제사가 끝나면 어른들이
마시라고 따라 주기도 했지만, 담배는 절대 '금연!'의 통치를 받았
습니다.

대학생이 되고부터 어쩌다가 뻐끔 담배를 얻어 피우곤 하다가,
어느 정도 맛을 느끼기 시작하자, 내 돈을 주고 직접 담배를 산 것
이 '1962년 10월 15일 밤 10시'였습니다. 어떻게 그리 정확하게
알고 있느냐고요? 그것은 내가 그 담뱃갑에 매입 연월일시를 기록
하고, 지금까지 보관하고 있기 때문입니다. 그 담배를 살 때, 얼마
나 가슴이 두근거렸는지요. 그만큼 부모님의 '금연!' 계율이 엄했기
때문입니다. 그러다가 50여 년 세월이 흐른 후인 지난 2011년 2

월 7일 밤 10시에 그렇게 즐기던 담배를 끊었답니다. 건강이 극도로 악화돼서 그랬습니다. 그 담뱃갑도 나는 잘 보관해 두고 있습니다.

시 「비밀」의 강조점은 부모님께서 내가 詩를 쓰고 있다는 것을 알아주시지 않는다는 치기 어린 불만이었지만, 그래도 정서적인 핵심은 내가 한 소녀를 사랑하고 있다는 고백일 터입니다. 그 '소녀'를 처음 만난 것은 대학 1학년 때, 자원 교사로 봉사활동을 하던 안양의 한 야간학교였습니다. 그 이후의 러브 스토리를 생각하면 참으로 운명적이었습니다. 53년 전의 일들이 엊그제처럼 눈앞에서 아른거립니다. 당시의 일기를 보면 'J' 또는 'J·S'(그 소녀의 이니셜)에 대한 이야기가 주류를 차지하고 있습니다. 예를 들어 볼까요?

J가 왔다. 그리움이 왔다. 사랑이 왔다.
믿음이 왔다. 그리고 힘과 용기와 행복과
즐거움이 방 안에 가득 찬다.
                              - 1960. 7. 11(月)

J·S, J·S, J·S, J·S, J·S, J·S
사랑, 사랑, 사랑, 사랑, 사랑, 사랑
용서, 용서, 용서, 용서, 용서, 용서
믿음, 믿음, 믿음, 믿음, 믿음, 믿음

간략한 구문에 단어만 나열돼 있지만, 농축된 사랑이 느껴지지 않나요? 그 '소녀'는 나에게 그렇게 많은 사랑의 시를 쓰게 했고, 『사랑의 팡세』를 써내게 한 장본인이었습니다. 『작은 사랑의 노래』, 『별이 별에게』, 『짧은 만남 오랜 이별』 등, 3권의 사랑의 시집 가운데서 한 편만 예거하겠습니다.

너는 · 2

너는 흰 눈이다.
밟고 싶다.

너는 꽃이다.
꺾고 싶다.

너는 물이다.
빠지고 싶다.

너는 불이다.
나는 탄다.

詩를 '언어의 경제'라고도 합니다마는, 사랑이라고 하는 신비·미묘한 감정을 한 대상을 통해 언어 경제적으로 표출해 보고자 한 것입니다. 그러나 이제 중요한 것은 그 '소녀'와 '소년'이 '할머니'와 '할아버지'가 되도록 함께 한 삶의 의미입니다. 그리고 아직도 그 '소녀'는 내 가슴 속에 살아 있어, 詩의 원천이 되고 있습니다. 다음 시를 한 번 감상해 보시겠습니까?

세월

옛날엔
눈이 내리면

좋아라 함께 걷던 소녀가
이젠 눈만 내리면
쓸지 않고 뭐 하냐고
야단치는 할머니가 되었네.

세월이 더 야속하네.

쓸던 눈 그냥 두고
옛날 생각하며 우리
눈길 함께 걷자고 하니
금방 어린애처럼 좋아하네.

세월이 더 아련하네.

별도의 해설이 필요치 않은 시이지만, 지난해 겨울에 눈이 많이 내렸을 때 쓸지 않고 뭐 하냐는 '야단'을 맞고 착상한 시입니다.

이렇듯 나는 실제 생활에서 생기는 소소한 일에서도 시의 소재를 찾곤 합니다. 아내의 야단에 신경질적으로 반응했더라면 아마 위의 시는 얻어낼 수 없었을 것입니다.

그렇다고 '할머니'(아내)가 성화만 부리는 게 아닙니다. 내가 실의에 빠져 있을 때마다 힘을 북돋워 주는 것도 그 '할머니'이니까요. 다음 시를 읽어 보시면 수긍을 하실 것입니다. 그냥 시만 소개하겠습니다.

아내는 나를 보고 "당신은 詩人이에요" 한다

나는 모든 기계에 서툴다.
자동차 운전도 못 하고
컴퓨터는 더욱 깜깜하다.
전기가 나가도 퓨즈 하나 못 간다.
아내는 그럴 때마다
"당신은 시인이에요." 한다.

그래서 나는
금배지 단 사람들이나
재벌들 앞에서는
"나는 시인이다."라고 되뇌인다.
30여 년 월급 생활,
詩는 더 오래 썼다.

운전을 못 하는 시인은 괜찮다.
승용차를 못 사는 시인이 문제다.
아내여,
만취의 내 고성방가보다 더 높게
성수대교 무너지는 소리보다 더 놀라게
대통령의 신년사보다 더 당당하게
"당신은 시인이에요!" 소리쳐다오.

대학생활의 세 가지 詩話

누구에게나 대학 시절은 매사에 젊음의 패기로 도전하는 시기입니다. 그러나 그 패기가 경험의 미숙이나 지혜의 부족으로 치기稚氣로 흐를 공산이 높습니다. 지나고 보면 그것도 추억이 되기는 합니다.

나의 대학 시절에도 적잖은 객기의 실수담이 있지만, 여기에서는 세 가지 詩話만 소개하려고 합니다. 첫 번째는 학점에 대한 일화입니다.

성적표

평론 리포트
2백 자 원고지 30매짜리 숙제를
단 1매에

"한국현대비평은 〈문단〉이라는 공중변소의 4면 벽에 「낙서를 하지말라」고 갈겨 쓴 또 하나의 낙서에 지나지 않는다."

라고 써 냈더니
평소에는 친분이 두텁던 교수님이
D 학점을 주셨다.

이제는 반세기를 넘긴 세월의 에피소드이니 교수님의 실명을 밝힌다 해도 비례非禮가 아니겠지요. 바로 소설가 박영준 교수님이 그분이십니다.

교수님은 농촌소설가답게 소탈한 천성에 외삼촌 같은 털털한 풍모로, 강의도 교과서적인 이론이 아니라 당신의 체험을 중심으로 하는 실질성을 선호하셨습니다.

교수님이 국문과 학과장님이시고, 내가 「연세문학회」 회장직을 맡았을 때, 「전국고교 문예 작품 현상모집」을 시행하려고 교수님께 말씀을 드렸더니, 처음엔 난색을 보이시다가 내가 국문과의 특색을 살리는 뜻에서 꼭 허락해 주십사고 간곡히 당부드려서 허락을 받아낸 일도 있었습니다.

"F 학점을 줄까 하다가, 김 군은 시인이니까 낙제는 면제해 준 거야."라고 말씀하시던 교수님의 모습이 눈에 어른거립니다. 다음은 '고무신'에 대한 얘기입니다.

흰 고무신의 詩

서양의 어떤 무신론자가

GOD를 거꾸로 읽으면
DOG가 된다고 해서가 아니라

나의 神은
나의 흰 고무신이다.

아무리 검정이 묻더라도
속 바탕 原色만은 잃지 말자고
서로 다짐하면서
4년 대학생활을
흰 고무신을 신고 마치는 것이

단 하나
24년 동안 가꾸어 온
보람의 꽃 · 詩였다.

이 시의 배경에는 시골 태생으로서의 순수성을 지키고자 했던 일종의 저항심리 같은 것이 서려 있습니다. 또한, 일반적인 학생이 아니라, 시인학생으로서의 차별화 의식도 엿보입니다.

하여튼 시간이 지날수록 '흰 고무신'은 입소문을 타서 명물화되었고, 내가 대학을 졸업한 후에는 바톤을 이어가는 후배가 생겼다는 후문을 듣기도 했습니다. 그러나 나의 기행은 고무신에서 끝나지 않았습니다.

나의 여름

나에겐 나만의 여름이 있다.

시골에서 대학을 다녔기 때문에
친구들은 나를 촌놈이라고 불렀다.
나는 그게 싫지 않았지만
그들은 그 이유를 몰랐다.

교복 대신 낡은 작업복,
구두를 신어 본 일은 한 번도 없었고
여름에는 교모 대신
밀짚모자를 쓰고 다녔는데
學生課 감독 직원에게 그걸 빼앗겼다.
그의 말은 교칙 위반이라는 것이었지만
그때 내가 한 말은
얼굴이 하얀 사람들은
이 모자를 만질 자격이 없다는 것이었다.

그 후부터 나의 여름은 더 뜨거웠고
빼앗긴 밀짚모자를 되찾지 못해
그때의 나의 여름은
아직도 끝나지 않고 있다.

나라 전체가 무슨 일로 추워지건
빼앗긴 그 모자를 되찾을 때까지
나는 언제나 뜨거운 마음으로
어떤 추위라도 이겨낼 수 있는 것이다.

때는 4·19 직후라서, 학교 측에서는 어수선한 캠퍼스 분위기를
바로잡는 수단으로 신입생들에게 교복과 교모의 착용을 강권했습

니다. 그래서 등교 시간에는 교문에서 정장 여부를 체크했는데, 교복 대신 작업복, 교모 대신 밀짚모자에 고무신을 신고 들어서는 반칙자가 있었으니, 위의 詩와 같은 해프닝이 벌어진 것이지요. 재미있는 것은 감독을 총괄하시던 K 교수님(체육 담당)과는 그 사건 이후 각별히 절친해졌다는 것입니다. 지금 생각하면 그때의 모습을 사진으로 남기지 못한 것이 참 아깝습니다.

이들 詩 역시 '흙의 사상'이라는 연작시의 초기 형태들인데, 그 후 나의 詩 쓰기의 주제의식을 강화시켜 주었다는 점에서는 단순한 에피소드만은 아닌 것입니다.

어쨌거나 대학생활은 시행착오가 많을수록 그리워지는 낭만과 추억의 곳간庫間이 아닐까 합니다.

편운(片雲) 조병화 시인을 만나다

나의 대학생활의 화두는 단연 편운 조병화 선생님과의 만남입니다. 아니 이것은 대학생활에서만의 화두가 아니라, 내 인생에서의 운명적인 사건입니다. 그에 대해서는 문단에 많이 알려져 있고, 또 나 자신이 여러 지면에 소개해 온 터라서, 여기에서는 가장 최근에 발표한 추억담을 그대로 옮겨 싣고자 합니다.

※ 이하 인용문

아, 그리운 선생님

다른 문인들에 비해 편운 조병화 선생님은 제자도 많고, 당신을 기리고 사랑하는 후학들도 많다. 따라서 주어진 제목인 '아, 그리운 선생님'의 '아' 자(字)는 남다른 그리움의 소유자를 강조하는 감탄사다. 그 차별화된 필자로 내가 지목됐으니, 집필에 앞서 나의 추억담이 편운 애호가들을 실망시켜서는 안 되리라는 생각부터 든다.

선생님과의 첫 만남은 다분히 극적이었다. 얘기는 반세기 전의 대학 시절로부터 시작된다.

1962년 3월 초. 연세대학교 국문과 3학년 「현대시론」 강의실. 수강신청을 할 때 보니 교수명이 '조병화'로 되어 있었다. 선생님은 당시 신흥대(현 경희대)의 교수로 재직하시면서 연대에 출강하시게 된 것이다.

그 첫 시간. 강의실 문이 열리고, 이윽고 멋쟁이로 널리 알려진 교수님이 들어오셨다. 교단에 올라서시자, 기대감에 시선을 집중하고 있는 학생들을 향해 입을 여셨다. 그런데 교수님의 첫마디 말씀은 정말로 의외였다.

"여기, 김대규가 누구지?"

나는 얼떨결에 "예, 접니다." 하고 손을 번쩍 들었다. 교수님이 말씀을 이으셨다. "자네 이따 강의 끝나고 나 좀 볼까?"

도대체 이게 어찌 된 일일까? 나는 무엇에 홀린 듯, 강의 시간 내내 교수님의 말씀은 귀에 들지 않고, 이 돌출 의문의 답을 찾기에 전전긍긍했다. 그러다가 문득 한 가지 해답이 떠올랐다.

내가 고등학교 졸업기념으로 『靈의 流刑』이라는 시집을 출간했는데, 교수님께서 그걸 아시고 격려차 만나자고 하신 거로구나. 정답이 분명했다. 다른 까닭이 없지 않은가. 나는 공연히 기분이 상승했다.

그러나 그게 아니었다. 강의가 끝나고, 교수 휴게실로 선생님을 찾아갔다.

"제가 김대규입니다."

"그래, 네가 김대규냐? 너 참 대단하구나. 학생이 어떻게 「보들레르론」을 쓰냐?"

그제서야 안개가 걷히듯 의문이 풀렸다. 그와 동시에 나의 고교 졸업기념 시집간행의 영광은 사라졌다. 교수님께서는 마침 내가 「연세춘추」(대학

신문)에 연재 중이던 「보들레르론」을 읽어보시고 강의실에 들어오신 것이었다.

"너 불어도 하냐?"

"아닙니다. 번역본으로 읽었습니다."

"하여튼 대단한 일이야. 〈보들레르〉라니! 가을학기에 상징주의에 대해 강의할 때는 네가 대신하거라."

이건 또 무슨 말씀이신가. 나는 어리둥절할 수밖에 없었다. 선생님은 그런 시인이었다. 일반적인 교수님들의 엄숙·근엄주의를 처음부터 헌 옷처럼 벗어 던지셨다. 보들레르가 중매한 첫 대면에서부터 나는 완전히 '조병화'의 포로가 됐다.

그 이후부터 선생님과의 사적인 만남이 다방에서 주점에서 지속해서 이뤄졌다. 강의실에서의 교과서적인 강좌보다 주점에서의 취중의 방담이 학생시인의 시혼을 더욱 뜨겁게 불살랐다.

"시인은 스스로 태어나는 거다. 추천이고 신춘문예고 신경 쓰지 말고, 너는 너만의 길로 가거라."

"너는 〈시의 서부인〉이야. 네 꿈을 마음껏 펼치라고."

"시에는 영혼의 지문이 찍혀 있어야 해."

"시는 어머니의 자장가 같은 거야. 요즘 시인들은 목소리가 너무 커."

"사랑할 때 누가 어려운 말로 하냐? 어렵게 쓰는 자들은 시를 사랑하지 않는 거야."

추스를 수 없는 문학의 열병을 앓고 있는 나에게 선생님의 말씀은 영혼의 세례였다. 지금도 그 모습, 그 목소리가 눈에 선하고, 귀에 들리는 듯하다. 아! 그리운 선생님! 나는 그해(1962) 겨울방학 때부터 선생님에게 편지를 쓰기 시작했다.

"선생님! 생활을 나누고 싶습니다. 생리의 짙은 그늘로부터 활활 타오르고 싶습니다. 무진장한 절망, 무진장한 고독 속에 빠져들고 싶습니다. 시인이 되어야겠습니다. 시를 쓰는 시인이 아니라, 시를 생활하는 시인이 되어야겠습니다."

12월 23일 자로 된 첫 편지의 첫 대목이다. 나는 부상한 병사가 SOS를 타전하듯 문청 시절에 치르게 마련인 밑 끝 모를 외로움과 그리움, 그 욕망과 절망, 그 자의식의 저항심과 방황의 허기에서 우러난 영혼의 하소연을 선생님에게 쏟아부었다.

대학을 졸업한 후에도 편지는 계속되었고, 선생님께서는 나의 편지들을 처음부터 한데 모아 당신의 답신과 함께 『시인의 편지』(1977)단행본으로 간행해 주셨다. 그만한 제자 사랑이 또 있겠는가. 이는 서간 시론집으로써도 효시일 뿐만 아니라, 사제지간의 저작이라는 데 의미가 더해졌다. 또한, 이 단행본은 나에게 베스트셀러의 효력을 실감케 해준 첫 번째 책이기도 했다.

나는 젊음의 치기로, 대학에 입학한 것은 시인의 실수라고 떠벌리며 대학원 진학을 거부했는데, 선생님께서는 나를 대학강단에 세우시려고 뒤늦게나마 경희대 대학원에 입학할 것을 강권하셨다. 나는 선생님의 하명을 받아들이면서 한 가지 조건을 제시했다.

그것은 대학원 졸업논문을 시 작품으로 대신한다는 것이었다. 당시 나는 나의 문학생활에 가장 큰 영향력을 행사한 보들레르, 랭보, 니체, 러셀을 위한 전작 장편시를 구상 중에 있었다. 선생님께서는 의외로 흔쾌히 수락해 주셨다.

나의 제4시집인 『見者에의 길』(1970)이 바로 그 석사논문 대용의 작품집이다. 아마도 우리나라에서는 문교부에 등재된 최초의 예가 아닐까 한다.

나 스스로 말하기에는 낯 뜨거운 일도 있었다. 선생님의 제37시집 『타향에 핀 작은 들꽃』(1992)의 출판기념회가 선생님께서 직접 선발하신(?) 30명 정도의 지인들이 모인 가운데 진행되었는데, 선생님께서 인사 말씀을 하시면서 "내가 대학생활 중에 김대규를 만난 것은 행운"이라고 하시질 않는가. 선생님, 그땐 정말 당황했고, 정말 몸 둘 바를 몰랐습니다.

내게 선생님과의 만남은 '운명'이었다. 그 불망不忘의 사은師恩을 가슴에 품은 채로만 지나친 세월이기에 회상해 보는 것만으로도 가슴 벅차오르는 꿈같은 순간들이요, 되돌아가 영원히 머물고 싶은 추억의 현장들이다.

그러니까 대학 4학년(1963) 늦가을 어느 날. 천안행 통학열차를 놓친 나는 주머니엔 동전 한 푼도 없어, 안양으로 내려가기를 포기하고 서울역에서부터 혜화동 107번지(선생님 댁)까지 무조건 걸어서 갔다. 통금이 있던 시절, 나는 선생님 댁 현관 계단에 쭈그리고 앉아서 선생님께서 귀가하시기만을 기다리고 있었다. 12시가 가까워지자 골목길 저만치서 선생님의 모습이 눈에 들어왔다. 비틀거리는 취중의 발걸음이셨다.

가까이 오신 선생님께 "저 왔습니다." 하고 인사를 드렸더니, "그래 대규구나. 너 참 잘 왔다." 하시고는 어깨동무로 2층 서재 계단을 오르시면서 느닷없이 이렇게 말씀을 하셨다. "우리 집 〈캐쳐〉는 틀렸어!" 당시에는 귀 너머로 흘려들었지만, 세월이 흐르면서 선생님의 심중이 점점 더 잘 읽혔다.

이런 일도 있었다. 대학생으로서는 마지막 새해(1964). 친구들이랑 한잔하려고 명동극장 앞을 지나는데, 우연히 마주친 선생님께서 이렇게 외치시는 게 아닌가. "대규야! 오래 살자고. 한국에는 자살할 곳도 없어!" 선생님은 이미 취해 있으셨다.

세상을 떠나시기 일년 전의 구정 때(2002), 후배 시인들과 선생님을 찾아갔다. "선생님, 저도 이제 환갑이 지나 철이 들어서 이렇게 세배드리러 왔습니다."라고 하니, 선생님께서는 "세배는 무슨 세배야. 그냥 악수로 하자고." 하시며 손을 내미시면서 "시인은 철이 들면 못 쓰는 거야." 하셨다. 그러나 그다음 말씀이 아주 의미심장했다.

"대규야, 이젠 시상이 떠오르질 않아!"

선생님이 그렇게 쓸쓸해 하시는 모습은 처음 보았다. '시인 조병화'는 그때 이미 세상을 떠난 것이라고 나는 생각했다.

그러나 막상 선생님께서 유명을 달리하시자, 나는 형언할 수 없는 정신적 공황에 함몰했다. 한동안은 독서도 시작도 할 수 없는 '영혼의 금단현상'을 심히 앓았다.

'시의 고아'라는 외로움도 엄습했다. 이제는 서울에 갈 필요도, '혜화동 107번지로' 편지를 쓸 일도, '02-762-0658'로 전화를 걸 일도 영원히 사라져 버린 것이다. 시간이 지날수록 그리움이 밀려왔다. 가슴 메이는 외로움이 사랑을 받기만 할 줄 알았던 제자의 업보처럼 느껴졌다. 베레모, 파이프, 포켓치프, 그리고 바바리코트의 멋쟁이 시인. 이 시대의 최후의 로맨티시스트로서, 아무나 이룰 수 없는 '시와 삶과 사람'이 삼위일체로 합치된 꿈의 시인. 항상 '헤어지는 연습을 하며' 이 세상을 가숙假宿으로 살다 간 시인. 바로 그 시인이 내게 남겨주신 가르침 가운데 나의 뇌리에 가장 깊이 각인된 것은 "너만의 길을 가라." 는 것이었다.

'나만의 길' — 그것은 영혼의 뿌리 내리기를 통한 독자적인 시 세계를 지칭하는 것이겠는 바, 그 외로움의 수련을 통한 시인으로서의 홀로서기가 그 얼마나 힘든 것이었나를, 안양의 태어난 집터에서 지금까지 살면서 어렵게 어렵게 깨우쳐 왔다.

지난 3월 8일에 개최된 선생님의 10주기 및 시 전집 출판기념회에 참석하여 선생님의 폭넓은 사랑을 다시 한 번 확인함과 동시에 더욱 높은 시

46

의 반열에 오르셨음도 새삼 깨달았다. 내 책상 위에는 가장 가까운 거리에 『조병화 시 전집』 전 6권이 어깨 높이로 놓여 있어, 가끔씩 선생님과의 스킨십인 양 어루만져 본다.

선생님께서 세상을 떠나신 이후, 나에게는 전에 없이 하늘을 쳐다보는 습관이 생겼다. 저 하늘나라의 어떤 구름이 과연 '편운片雲'일까?
아, 그리운 선생님! 보고 싶습니다.

(『시와 시학』, 2013년 여름호에서)

−조병화 문학관 앞에서 아내와 함께

'조병화' 실명시 네 편

앞의 「아, 그리운 선생님」은 다른 글들에 비해 좀 긴 편이었습니다. 그러나 나의 뇌리를 스치고, 가슴에 쌓여 있는 '편운 추억'은 한 권의 책으로라야 하고 싶은 이야기를 웬만큼 했다 싶을 터입니다.

그렇지 않아도 『괴테와의 대화』(요한 페터 에커만)나, 『카프카와의 대화』(구스타프 야누흐)에 감동의 극치를 느낀 영향도 있어, 선생님께서 나의 편지들을 『시인의 편지』라는 단행본으로 선물해 주신 데 대해, 선생님과의 사연들을 『조병화와의 대화』라는 책자로 보답해드려야겠다는 생각을 오래전부터 가다듬어 오는 중입니다.

나에게 적지 않은 '조병화' 실명시가 있습니다. 그중에서 네 편만 소개하겠습니다.

조병화 · 1

그가
길어내는
詩의 샘물은
바닥이 들여다보입니다.

그것은
그의 말의 물이
얕기 때문이 아니라
맑고 깨끗하기 때문입니다.

당신들의
詩의 우물은
그 바닥을 볼 수가 없습니다.

그것은
샘이 깊어서가 아니라,
그 말의 물이
구정물이기 때문입니다.

당신들의
언어의 샘은
그렇게 오염되어 있습니다.

주의하시기 바랍니다,
詩가
병들지 않도록.

조병화 · 2

그의 그림이 좋다.
조물주의 낙서 같은 펜화나
다 드러내 놓지 않고
조금씩만 보여 주는 유화나
그의 그림이 좋다.

시 같은 그림,
그림 같은 시.
그 둘이 합쳐진
사람은 더 좋다.

그가 아무리 많은 시집을 내도
'조병화'라는 큰 책 한 권에 당하랴.

조병화 · 3

나귀는 서서 잔다.
그 옆에서 그도 잔다.

구름에 세월이 간다.
그 옆에 그도 간다.

술 속에 오래오래,
잠시는 여자 속에,
더 많이는 홀로 어딘가 갔다가
이제 내보여 주는 반짝이는 보석하나.

'고독'이라는
생명의 원석.

세월의 긴 언덕 머뭇 넘는
시인의 뒷모습 쓸쓸히 황홀하다.

조병화 · 4

그는 느리게 말한다.
그의 말은 그림자가 길다.

그는 더듬더듬 말한다.
못 알아들을까 봐
잘 씹어서 건네 준다.

그
영혼의
되새김질.

거기서
잘 소화된 시가 나온다.

별도의 설명이 필요하지 않지요. 詩 그대로니까요.
선생님은 생전에 따지는 걸 제일 싫어하셨습니다. 그래서 이론을
멀리하셨습니다. 그래서 말도 쉽게, 삶도 쉽게, 詩도 쉽게 쓰셨습
니다. 그래서 외국어로 된 어려운 어휘를 써야 권위 있는 비평인
줄로만 아는 평론가들은 선생님의 시를 평가절하했습니다.

그러나 그들 가운데 조병화의 시를 제대로 읽어 본 사람은 정말 한 사람도 없을 것입니다.

'쉽게' 쓴다는 것은 물론 쓰는 행위를 쉽게 쉽게 한다는 것이 아니지요. 읽기에 편하게 쓴다는 것입니다. 쉽게 읽혀도 생각할수록 깊은 의미가 되살아나는 그윽한 시가 '쉬운 시'인 것입니다.

> 분명한 문장을 쓰는 사람에겐 독자가 모이고, 불분명한 문장을 쓰는 사람에겐 평론가가 모인다. (까뮈)

> 내 문장이 독자가 읽기에 쉬웠다면, 글 쓰는 나는 갑절로 어려웠던 것이다. (박완서)

> 글쓰기에 있어서 진정한 쉬움은 우연히 아니라 기술에서 비롯된다. 춤을 배운 이들이 가장 쉽게 움직이듯. (알렉산더 포프)

위의 말들은 내게 조병화를 위한 변호인단의 진술처럼 들립니다. 어디 조병화뿐이겠습니까. 김소월을 필두로 박목월, 박두진, 정지용, 윤동주, 이상화 등등이 그러하지 않나요? 아니, 한국의 명시란 명시는 모두가 '쉬운 시들'인 것입니다.

이야기가 너무 대학생활 밖으로 나간 것 같습니다. 캠퍼스 안으로 데려와야겠습니다.

내가 대학 시절에 조병화 시인을 만남으로써 지금까지의 나의 詩와 삶이 있게 되었다는 사실, 이 점이 나의 인생에서는 핵심인 것입니다.

52

'연세문학상'과 제2시집 『이 어둠 속에서의 지향』

'**연**세문학상'은 '연세문화상'의 '문학' 부문 상입니다. 작품을 공
모해서 당선자를 가려내는 제도였는데, 제1회(1962)는 마종기 선
배가 수상했고, 내가 제2회(1963) 수상자가 된 것입니다.

처음에는 망설이다가 대학 4년의 문학생활을 총결산한다는 마음으로 응모했는데, 마침 조병화 선생님이 심사를 맡으셨기 때문에, 더욱 의미 있는 당선이 아니었나 싶습니다.

당선 여부에 결정적이었던 것은 나의 작품이 다른 응모작들과는 다른 형태의 '장시長詩'라는 것이었습니다. 응모하면서도 자신 했을 정도로 심혈을 기울인 장편시였습니다.

작품의 구성은 총 6부로 나누었는데, 시에 대한 나의 신념, 현대 물질 문명의 폐습타파, 전쟁 부정의 역사의식, 그리고 평화지향의 휴머니즘 등의 소주제들이 실험적인 시 형태로 제시되면서, 이들을 과감하게 탈피하자는 의지를 『이 어둠 속에서의 지향指向』이라는 제목으로 표출해 본 것입니다.

하여튼 나는 이 '연세문학상'을 수상함으로써 대학 문학생활의 '유종의 미'를 거두었던 것입니다.

나에게 의미가 있는 것은 이 당선작을 기본으로, 여러 가지 문학적 내용을 대폭 추가하여 한 권의 시집을 만들어 낸 일입니다. 제목은 그대로『이 어둠 속에서의 지향指向』(1966)이었지만, 그 내용과 형태에서는 많은 변화가 수반됐습니다.

표지도 내가 디자인한 것이지만, 표지를 넘기면 "이 시집을 「샤르 보들레르」, 「알줄 랭보」, 「프리드리히 니체」, 「버트랜드 러셀」의 정신에 바친다."라는 헌사가 보입니다. (당시의 표기법이 지금과는 사뭇 달랐지요)

위의 네 사람은 나의 詩作·독서생활에 정신적인 축을 형성시켜 준 '멘토'로서, 차후에 다시 언급하게 될 것입니다.

『이 어둠 속에서의 지향』은 시단의 이목을 끌어 그해(1966)의 '10대 시집'의 하나로 추천한 시인도 있었습니다. 그러한 반응의 까닭은 주로 종래의 시 형태를 과감히 탈피하고, 시나리오나 희곡,

또는 형태주의적인 실험성을 보였다는 점입니다. 두 가지 예만 들겠습니다.

△분실공고△

한국은 詩를 상실했습니다. 이것을 습득하신 분은
下記 주소로 연락해 주시기 바랍니다.

연락처: 경기도 시흥군 안양읍 안양리 양지동 946번지 金 大 圭

```
              싯 벌 건
              平 和 가
              야 우 성
              치 던 彈
     雨 퍼 붓 는 高 地 에 서 죽
     음 을 故 鄕 보 다 반 겨 맞
     았 다 다 음 의 명 예 스 런
     凱 旋 도 꼬 옥 만 나 웃 어
              반 길 그
              리 운 이
              하 나 도
              없 기 에
              차 라 리
               는 말
             路    이 없
          歸        幸
        의            福
      그                하
    기                    다
  여
```

위와 같은 형태파괴의 구문들이 여기저기 포진되어 있으니, 당시로써는 예외적인 현상이라고 하지 않을 수 없었을 것입니다.

나는 이와 같은 실험 정신을 〈反詩〉라 명명하고, "詩에 대한 詩의 반성, 시인에 대한 시인의 불신"이라는 캐치프레이즈와 함께 〈선언〉의 형태로 후기에 피력했습니다. 그 기본정신은 지금도 가상히 여겨지는데, 20대 초반 문학청년의 패기와 객기가 다분히 서려 있어, '선언'은 가장 외로운 사람이 취하는 발언권의 행사임이 느껴지기도 합니다.

마지막으로 에피소드 하나를 소개할까 합니다. 우선 다음 시를 읽어 보시겠습니까.

한 편의 詩를 추천받기 위해
처음부터 그는
그렇게 따라 다녔나 보다.

한 편의 詩를 추천받기 위해
그는 찾아가서
또 그렇게 머리를 조아렸나 보다.

추천 완료의 황홀감에 가슴 조이는
머언 먼 문단의 뒤안길에서
이제는 기성대우 받는다는
그 사람네 품 안의 그네들이여.

천료薦了소감을 쓰려고
간밤엔 파지를 얼마나 냈고

네게는 잠도 오지 않았을 게다.

누가 보든지 서정주의 '국화 옆에서'의 패러디임을 금방 알 수 있습니다. 나는 당시 나름대로의 소신으로 문단의 추천제에 대해 거부감을 갖고 있던 터에, 그 거부심리를 미당의 명시의 리듬에 실어 본 것입니다.

『이 어둠 속에서의 지향』의 출판기념회가 안양에서 열렸을 때, 故 박봉우 시인이 이 패러디가 아주 재미있다고 취중의 큰 목소리로 읊조리던 모습이 눈에 선합니다. 오, 젊은 날의 용서받을 수 있는 객기여, 순수한 꿈이여, 추억이여!

제3시집『양지동 946번지』에 대하여

　『**양**지동 946번지』는 3백 부 한정판에 총 55쪽의 소박한 시집이
지만, 이야깃거리는 참 많습니다. 우선『양지동 946번지』라는 제
목은 시집 출간 당시(1967)의 집 주소이고, 표지는 나의 아이디어
로 만들었는데, 뒷산에 올라가 마을 전경을 찍은 사진판에 '양지동
946번지'를 점선으로 표시한 디자인이었습니다.

표지를 넘기면 '양지동 946번지'에 모여 사는 가족들의 詩에 대한 입장을 다음과 같이 표현한 '헌사'가 나타납니다.

詩가 무엇인지 몹시 궁금해하는 동생들과
詩를 가끔씩 읽어 보시던 누님과
詩를 잘 이해 못 하시는 아버지, 그리고
詩라는 것이 있다는 것조차 모르시는 어머님께 이 시집을 바친다.

1967. 7. 큰 아들, 대규

시집이 나오자 김수영 시인이 신문 월평에 언급해 주셨고, 출판 기념회는 조병화, 정귀영, 장윤우, 강태열 등 가까운 시인 십 여분을 '양지동 946번지'로 초대해서 아주 조촐하게 치렀습니다.

이 연재물의 앞부분에서 시화詩話로 거론했던 「엽서」, 「성적표」, 「흰 고무신의 詩」가 실린 것도 이 시집이어서 애착이 가지만, 나의 삶에서 소중한 의미를 지닌 몇몇 '연작시'가 첫 모습을 드러낸 것도 이 시집입니다. 그럼 이에 관계되는 예시부터 보시겠습니다.

어머니〈1〉

어머니는 눈부신 태양이 아니시다.
제 나름의 고뇌를 몸부림으로
반짝이는 뭇별 가운데서
홀로 야위어진 한 개 그믐달이어라.

1

기계로 깐 병아리가
암탉의 품에 안겨 깬 것보다
쉬 죽어감을 알았다.

　2

山 속에 들어가
— 어머니 품 속에 파묻혀

어머니!

소리쳐 불러 보면

어머니어머니어머니어머니어머니어머니 ……

하나뿐이었던
어머니가
온 山에 가득하다.

　이것은 '어머니' 연작시의 첫 번째 작품입니다. 활자 크기를 달리
한 메아리의 음표音表가 시각적 입체감을 주지요.
　이 지상에서 어느 나라를 막론하고 가장 사랑스럽고 가장 평화스
럽고, 가장 아름다운 말은 '어머니'일 것입니다. 나의 어머니는 나
의 학창시절부터 편찮으셔서 평생 고생이 심하셨습니다. 그래서 내
가 일찍이 '어머니' 연작시를 쓰게 되었고, 돌아가시기 전에 한 권
의 시집으로 간행했던 것입니다. 이에 대해서는 뒤에 가서 다시 화
두로 삼겠습니다. (위의 예시는 그 후에 개작했습니다)

시집 『양지동 946번지』의 '詩作노트'에 보면 다음과 같은 내용이 눈에 띕니다.

대학입시 구두시험 때, "세계의 현존하는 인물 가운데서 누구를 가장 존경하는가?"라고 물었을 때, 나는 "어머니"라고 말했다. "그 이유는?", "그 이유는 말할 수 없습니다. 어머니를 모독하는 것 같기 때문입니다." ― 그 이유는 지금도 말할 수 없다. 「프로이트」와 학자들의 연구자료를 위해서……

흙의 思想 · 3

솜은 도시로 올라가고,
광목은 시골로 내려온다.
책은 도시로 가지만
그걸 쓴 재주꾼은 시골로 내려온다.
― H · 쏘로오

서울 사람 보기 싫어 서울 안 갈란다.
서울서 죽기 싫어 서울서 안 살란다.

서울 사람 한 달에 '파고다' 서른 갑 피워도
백오십 원짜리 시집 한 권 안 사 본다더라.
쌀 팔아 시집 사봐야 우리 고생 얘긴 없더라.

서울엔 낮에도 어둠이 깃들고,
서울은 밤에도 그림자 지더라.

서울 거리 사람 암만 많아도

사람은 없더라.
전차 탄 사람 버스 속 사람 쳐다보고,
버스 탄 사람 합승 속 사람 흘겨보고,
합승 탄 사람 택시 속 사람 노려보더라.

우리야 어디 그런가
논두렁 이쪽에서 저 山모퉁이 사람 보고
어 —— 이! 소리치면
그 사람 손만 흔들어도
뒷山이 어 —— 이 대답해 주지.

서울 사람 보기 싫어 서울 안 갈란다.
서울서 죽기 싫어 서울서 안 살란다.
서울 가면 내 고향 흙 밟고 싶어
정말 죽겠더라.

　이것 역시 내 평생의 시의 주제인 『흙의 思想』이라는 연작시의 초기 작품입니다.
　나는 처음에는 시 「엽서」에 나타나 있는 '급행열차' 대 '삼등객차'의 상대성을 '서울' 대 '시골'의 이질성으로 표출해 보려고 했습니다. 환언하면 이는 곧 '물질' 대 '정신'의 문제이지요. '흙'에는 도시적 삶이 거느릴 수 없는 영혼의 안락과 같은 포근함이 깃들어 있지 않습니까? 이 『흙의 思想』 연작시에 대해서는 차후에 몇 차례 더 언급할 기회가 있을 것입니다.
　이 시집에는 그 밖에도 '자화상' 연작, 아버지와 친구에 대한 시가 각 1편씩 있는데 여기서는 재미있는 읽을거리로 '자화상' 한 편을 인용만 하겠습니다.

미스터 · 킴

그는
참 건방진 놈이다.
언제나
자기 자신보다
뛰어나려 한다.

뭐, 詩를 쓴답시고
웬만한 작품은 거들떠보지도 않고,
사회와는 등 맞대고 웅크려 앉은 꼴이라니!
그러나 유명하진 못해도
제 인생을 힘있게 살아가려는
(예를 들면 羅暗甫같은) 사람을 만나면
어린애처럼 떠들며 북석을 떤다.

그의 말은
"흥!"으로 시작되어
"체!"로 끝나지만,
무언가 깊은 생각에 빠지면
낙선된 조각작품처럼 심각해진다.

참 건방진 놈,
그 이름이 金大圭라던가!

(※ 시 속의 '羅暗甫'라는 이름은 천재시인 랭보의 조어명(造語名)임.)

세 독자 이야기

나의 경험에 따르면, 첫 시집이 나왔을 때는 "이제 시인의 길로 들어섰구나"하는 기꺼움이 솟았고, 팬레터를 처음 받았을 때는 시인이 되었음을 재확인하는 뿌듯함을 느꼈습니다.

글 쓰는 사람이 독자를 갖는다는 것은 행복한 일입니다. (나의 편견일지도 모르겠지만, 독자에게 있어 소설가는 '인생 상담자'로 여겨지고, 시인은 '영혼의 안내자'로 보일 듯싶습니다)

나는, 특히 훨씬 뒤에 『사랑의 팡세』라는 베스트셀러로 해서, 적지 않은 독자들과 교류를 한 일도 있습니다. 그 이전의 독자 가운데서 세 사람의 경우가 잊혀지질 않습니다.

첫 번째는 I라는 분입니다. 실명은 밝히지 않겠습니다.

지금의 기억으로는 1970년대 초, 한국현대시인협회가 주최한 시낭송회에서 나는 「심인尋人」이라는 작품을 낭송했습니다. 그리고는 며칠이 지나지 않아 편지 한 통을 받았습니다. 한자 어휘도 많았고, 아주 달필이었습니다.

편지의 내용은 시낭송회에서 나의 시낭송을 듣고 삶의 용기와 위안을 얻었다는 것이었습니다. 중요한 것은 자신이 청량리역에서 '지게꾼'으로 하루하루를 살아가는 사람이라는 것이었습니다. 감동한 것은 오히려 나였습니다. 보잘것없는 나의 詩가 사람의 마음을 얻어내다니! 내가 감사의 답장을 쓴 것은 물론입니다.

여기 그 작품을 옮겨 보겠습니다. 좀 긴 편이지만 읽어 주시면 고맙겠습니다.

尋 人

이 세상에서 가장 잘 잊혀지는 사람은 누구일까.

그것을 알아내기 위해
당신들은 책갈피 속에서 헤매고
시대도 경작해 보고
그리고 잊었다는 듯이 몇몇의 큰 이름을 기억해 낸다.

그러나, 흙 위에서 만나는 사람보다
더 위대한 인간은 존재하지 않는다는 것,
종교가 가르쳐 주지 못하는 것을
우리는 살아가면서 배워야 한다.

이 세상에서 가장 잘 참아내는 사람은 누구일까.
TV에 눈과 귀를 빼앗기지 않는 자,
신문의 지식 없이 하루를 완성하는 자,

가벼운 실례와 무거운 세금과
사실을 두려워하지 않는 사람들.

그들을 나는 안다.
배워야 산다고 그들은 한숨 쉬고는
자식들이 법을 만들지 않기를 바라며,
전쟁을 굶기보다 무서워하면서
자식들에겐 잘 싸우라고 답장을 한다.

이 세상에서 마침내 이겨내는 사람은 누구일까.

과학 없이 자연과 싸우고
과학 이상으로 자연을 정복하는 자들.
수 년 동안, 앉아서 팔을 오르내리는 어떤 사람들보다
한 해 가을, 팔을 들고만 있는 허수아비를 믿고
전기가 없는 곳에서도
가장 밝은 밤을 맞이하는 사람들.

그들은
악의 도랑을 지옥으로 내지 않고
받는 것만큼 주는 흙 위에 서서
하늘만이,
모든 일은 하늘만이,
옳은 것은 언제나 하늘만이라고 말한다.

내가 그때 I 독자의 편지를 받고 느낀 기꺼움의 원천은, 나의 '흙
의 사상' 연작이 주안점으로 하고 있는 '서민주의' 지향성이 적중하

지 않았느냐는 것이었습니다.

두 번째 독자는 제주도의 K 씨입니다. 역시 70년대 초반, 나는 당시 연세대에 출강하고 있었는데, 강의를 마치고 나와 보니 내 사물함에 큼직한 소포덩이가 하나 있었습니다. 끌러 봤더니, 이런, 여러 마리의 오징어였습니다. 거기에 쪽지편지도 함께 있었습니다.

자신은 어부인데, 나의 시를 읽고 힘을 얻었다는 것이었습니다. 역시 내가 詩를 더 열심히 써야겠다는 힘을 얻었습니다. K 독자도 나의 '흙의 사상' 연작시를 읽은 것이 분명했습니다.

그러나 세 번째 독자의 얘기는 좀 다릅니다.

60년대 말의 어느 날, 나는 막종이에 연필로 쓴 편지 한 통을 받았습니다. 글씨체도 좋지 않았고, 맞춤법도 잘 맞지 않았습니다. 그렇다고 초등학생은 절대 아니었습니다. 편지 내용이 그랬습니다.

편지 내용인 즉, 내가 살아가기에 어려움이 많으면 도와줄 수 있다는 것이었습니다. 앞뒤에 다른 말은 별로 없었던 것으로 기억됩니다.

밑도 끝도 없이 도와주겠다니, 아연실색할밖에 없었습니다. 아무리 생각을 해도 전혀 모를 일이었습니다. 그러다가 퍼뜩! '주소', 겉봉의 발신자 주소가 왠지 낯설지 않다는 느낌이 스쳤습니다. 나는 그즈음 「詩와 詩論」 동인지를 발간할 때마다 적지 않은 문인들에게 우송했는데, 수신자 주소를 하도 많이 써봐서, 대뜸 M 시인(여자)의 주소를 확인해 봤습니다. 그랬더니 그게 적중했던 것입니다. 그러나 발신자의 이름은 M이 아니었습니다. (미안하게도) 그 이름이 지금은 기억이 나질 않습니다.

나는 두 가지 추리를 했습니다.

첫째는 편지를 보낸 사람이 M 여류시인의 집에서 '가정부'(당시에

는 없는 말, 즉 '식모') 생활을 하는 여인이 아니겠느냐는 것이었고,

둘째는 그 여인 역시 어쩌다가 나의 시들을 읽어 보고, 도와주고 싶다는 느낌을 받은 것이라는 생각이었습니다.

나의 시 중에는 "서울사람 한 달에/ '파고다' 서른 갑 피워도/ 백오십 원짜리 시집 한 권 안 사 본다더라./ 쌀 팔아 시집 사 봐야/ 우리 고생 얘긴 없더라."(「흙의 사상·3」)와 같은 구절들이 있어, 도움 제공 욕망을 자극하지 않았나 합니다. 이 시가 실린 시집 『흙의 사상』을 M 시인에게 보내드린 것도 그 무렵이었습니다. 어쨌거나 고맙기 그지없는 불망不忘의 독자들입니다.

이런 일도 있었습니다.

한 번은 안양에서 개인 '시화전'을 했는데(70년대 말), 마지막 날 중년의 여인이 찾아와 나를 보자고 하는 것이었습니다. 나는 그때 신사복에 와이셔츠에 넥타이까지 착용하고 손님들을 맞이하고 있었습니다. 나를 한참 쳐다보던 그 여인이 "김대규 시인 맞느냐?"고 물었습니다. 내가 "그렇습니다."라고 했더니, 그 여인이 고개를 좌우로 흔들며, 자기가 '흙의 사상' 연작시를 읽고 상상한 시인의 모습하고는 너무 차이가 난다며, "허름한 옷의 시인을 기대하고 왔는데, 실망이 큽니다!" 하면서 그대로 가버렸습니다. 한마디로 '서민주의'에 어긋난다는 것이었겠지요.

그동안 참 많은 세월이 흘러갔습니다. 지금 그분들은 모두 무얼 하며 살아가는지, 한 사람이라도 연락이 되었으면 오죽 좋겠습니까?

"木月 선생님, 죄송합니다."

대학 시절 얘기, 하나 더 해야겠습니다. 木月 선생과 관계되는 얘기입니다. 사실은 입을 열까 말까, 많이 망설였습니다. 그러나 세월도 한참 흘렀고, 언젠가는 꺼낼 이야기인지라 이번 기회에 털 어놓기로 마음먹었습니다.

대학 4학년 마지막 학기(1963). 10월 중의 어느 날, 박영준 교수 님께서 나를 찾으셨습니다. 무슨 일인지 궁금해서 교수실로 찾아 뵈니 이런 말씀을 하시는 것이었습니다.

"김 군은 〈연세문학상〉도 받고 했으니, 이젠 공식적으로 문단에 등단 하도록 하지. 내가 〈현대문학〉에 추천을 받도록 다 얘기를 해놨으니, 작 품을 가지고 박목월 시인을 한번 만나보도록 하게나."

나는 감사하다는 인사를 드리고 교수실을 나왔지만, 그때부터 걱정이 시작되었습니다.

무슨 말인가 하면, 그 무렵까지만 해도 조병화 선생님과 2년 가까이 친밀한 관계를 맺으며, 나는 선생님께서 당부하다시피 하신 신춘문예나 추천을 통한 등단은 하지 않기로 묵계가 이루어져 있던 상태였기 때문입니다.

정말로 고민이었습니다. 어떻게 하든 두 분 교수님을 다 만족시켜 드릴 수가 없는 일이었습니다. 그러던 중에 한 가지 아이디어가 떠올랐습니다. 작품을 가지고 박목월 시인을 찾아뵙기는 하되, 작품의 성향을 박목월 시인과는 전혀 맞지 않는 것을 가지고 가자. 그러면 추천은 물론 되지 않을 것이지만, 박영준 교수님의 고마운 배려에는 응한 것이 아니겠는가. 임기응변의 짧은 생각이었지요.

지금의 기억으로써는 자세한 실상을 여실히 재생시킬 수 없지만, 솔직하게 말해선 나 스스로가 이렇다 하게 내놓을 작품도 그때는 준비가 덜 되어 있었습니다. 하여튼 시 원고는 준비해야 하니 다음의 「동물시초」 외에 두 편 (지금 기억에는 떠오르지 않음)을 가지고 박목월 시인 댁을 찾아가 전달해 드렸습니다. 한 번 보시겠습니까.

동물시초動物詩抄

1. 황새

모가지가 높아서 眼下無人인 이놈도
먹기 위해서는 머리를 숙여야 한다.

2. 강아지

그는 예언자가 되려고 한다.
"멍, 멍, 멍 —亡, 亡, 亡"

3. 가제

지상 유일의 크리스챤.
— 자기 몸뚱이에 벌레를 키워
〈원수를 사랑하라〉는 교시를 몸소 실천한다.

4. 황소와 개구리

地上은 지금, 이를테면
황소의 그 큰 배를 보았다는
새끼들의 얘기를 듣고 야심을 품은
어미 개구리의 배때기같이 팽창했다.

5. 토끼

月世界의 浪漫街 빠「桂樹나무」에서
미쓰 래비트는 라이카犬의 데이트 요청을 거절한다.
— 벌써 수세기 전에
  자기 애인은 물에 빠져 죽었노라고…….

6. 개똥벌레

懷疑(회의)를 품은 자 — 현대인.

혹시 누군가 미행하지나 않을까
겁을 먹고 항상 뒤를 밝히며 간다.

7. 개미

어떻게 보면 3字.
어떻게 보면 8字.

아!

허리도 잘숙히 끊어진
한민족의 설움이여, 38선!

박목월 선생님의 안중에는 選에 오를 수 없는 시였을지는 몰라도, 또한 선생님의 시취에는 전혀 格에 걸맞지 못한 작품일지언정, 나는 나름대로 시적 발상의 이미지처리가 된 것으로 지금도 생각합니다. 그때나 이때나 나의 품성이 그런 걸 어쩌겠습니까.
다만 나 혼자만의 탈출구를 노린답시고 온갖지게 응해 드리지 못한 욕심이 죄송스러울 뿐입니다.

"박목월 선생님, 죄송합니다!"

뒤늦었지만 마음속의 오래된 숙제 하나를 덜어낸 듯싶어 조금은 위안으로 삼겠습니다. 시에도 운명 같은 게 있나 봅니다.

제4시집 『見者에의 길』에 대하여

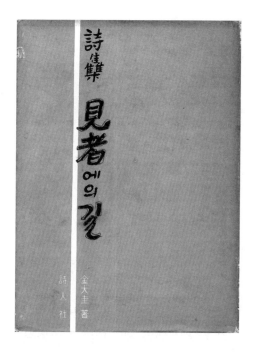

　『見者에의 길(1970)은 나의 시집 가운데 그 형식이나 내용이나
집필배경 등에서 이야깃거리가 가장 많은 시집이라 할 수 있습니다.
　이 시집이 나의 대학원 졸업 문학 석사학위 논문의 대용작품임
은 앞에서 이미 밝힌 바 있습니다. 거기에 첨언하건대, 나는 내 무

능의 선망감에서일지는 몰라도 '시인'으로서 '학위'라는 것을 별로 탐탁하게 생각하지 않습니다. 대학교수로서의 '박사'는 수긍이 가도 시인으로서의 '박사'는 전혀 어울리지 않는다는 것입니다. 그래서 다음과 같은 시를 쓰기도 했습니다.

대학 강단에 설 때마다
박사학위 유무를 묻는다.
나는 그런 건 없다고 대답한다.
그리고는 아무런 학위도 없이
시인이라는 이름 하나로
예일대학교 교수가 된 비키 헤어른을 떠올린다.

박사님들이 가질 수 없는
소중한 것을 나는 가지고 있다.
태어난 집터에서 지금까지 산다는 것,
그 집에 나보다 먼저 뿌리를 내린
나무 한 그루가 있다는 것.
— 「나무학교」 제1, 2연

각설하고, 『見者에의 길』의 애초 제목은 『네 개의 초상화』였습니다. 왜냐하면, 이 작품은 내가 제2시집(『이 어둠 속에서의 지향』)을 헌정했던 보들레르, 랭보, 니체, 러셀을 기리기 위한 시였기 때문이었습니다. 그래서 전작(全作)을 4부로 나누어 Ⅰ. 먼지와 샘물: 죄악의 얼굴(보들레르) Ⅱ. 死者의 뜬 눈:천재의 얼굴(랭보) Ⅲ. 시는 죽었다:광인의 얼굴(니체) Ⅳ. 미완의 書:지혜의 얼굴(러셀)로 편성했던 것입니다. 정말로 당시의 나는 보들레르의 죄악의 시혼,

랭보의 천재의 감성, 니체의 초인超人의 광기, 그리고 러셀의 지혜와 정열에 흠뻑 젖어 있었습니다.

　그 가운데서도 랭보에게는 한때의 필명을 '羅暗甫'라고 음차音口해서 쓸 정도로 경도되어 있어서, 그의 '바이앙(Voyant, 見者)'의 시 정신을 좇아 시집 제목을 『見者에의 길』로 바꾼 것입니다. ('바이앙'에 대해서는 다시 얘기하겠습니다)

　주제와 내용은 이미 정해져 있었지만, 형식에 대해서는 여러 가지로 고민을 하다가, 다음에 예거하는 제1부의 도입부처럼 '영혼과의 통화' 형식을 취하기로 했습니다.

　　오퍼레이터, 오퍼레이터!
　　여보시오,
　　시간의 중계자
　　오퍼레이터 양!
　　장거리 전화 좀 부탁합시다.
　　어디냐구요?
　　저 잊어버린 세기의 1867번
　　빨리 대 주시오.
　　여기요?
　　여기는 1970번이오.

　'시간의 중계자'란 모든 시대를 초월하는 상상의 '영혼의 교환수'를 말하는 것인데, '1867번'은 바로 보들레르의 사망 연도이고, '1970번'은 이 작품의 집필 연도입니다. 따라서 랭보는 '1891번', 니체는 '1900번'이지만, 러셀의 경우는 당시에 생존 중이어서 편지 형식을 취했었는데, 집필 중이던 1970년 2월 3일에 세상을 떠나서 뒷부분은 다시 영혼의 통화 형식으로 하게 된 것입니다.

그럼 앞에서 유보한 랭보의 '바이앙'의 시 세계에 대한 내용을 여기서 살펴보도록 하겠습니다.

정신의 광야.
영혼의 허허벌판에서
그가 경작한 것.
그것은 〈바이앙〉의 세계였오.
見者!
눈(眼)의 사람.
영원히 눈 뜨고 있는 자.
눈은 가장 마지막에 죽는 것
세기의 山谷에 메아리치는 그의 소리를 들어 보시오.

−시인이 되겠다고 원하는 인간으로서 먼저 해야 할 일은 완전한 자기 자신의 인식이다.

그는 자기 자신의 혼을 탐구하며 그것을 시찰하며, 그것을 시험하며, 그것을 배워야 한다.

그는 〈바이앙〉이 아니면 안 된다.

나 자신을 見者로 삼아야 한다. 시인은 한없는, 그리고 합리적인 〈모든 감각〉의 〈착란〉에 의해서 見者가 되어야 한다.

그러므로 시인은 실제로 불을 훔치는 자이다. 그는 인간이어야 하고, 동물 그것이어야 한다.

미지의 발견은 새로운 형식이 요구되는 것이다.

나는 젊은 시절에 받은 위의 네 사람의 영향에 대해 〈영혼의 세례〉라고 생각합니다. 그러한 세례를 받지 못하면 누구나 그만큼 시혼이나 시 세계에서 협소함을 평생 느끼며 살아가야 할 것입니다.

이 시집의 '발문'을 통해서 조병화 시인은 "극렬한 그 영혼의 태양들, 〈보들레르〉, 〈랭보〉, 〈니체〉, 그리고 얼마 전에 타계한 〈러셀〉, 그는 그들과 지금 끊임없는 통신을 하고 있다. 고독과 불행이 그의 숙명인 것처럼, 그의 또 하나의 見者를 위해서." 라고 평설했습니다. 그리고 나를 '무명의 유명시인', '순수한 〈詩의 西部〉', '선량한 詩의 野人'이라고 별칭한 것도 그 발문에서입니다.

이 시집은 '시인사詩人社'에서 간행한 것인데, 그 발행인이 조태일 시인이었습니다.『見者에의 길』출판기념회가 안양에서 열렸을 때, 그 사회를 맡아 주었던 조태일 시인의 모습이 눈앞에서 자꾸만 어른거립니다.

나의 '인물시' · 1

高銀의 『만인보』를 당할 수야 없겠지만, 나는 '사람'에 관한 시 쓰기를 좋아합니다. 예컨대 최남선 이후의 한국 현대시인 7백여 명의 '실명시'를 비롯하여 (그 일부가 「현대시학」에 연재, 발표된 바 있다.), 유명·무명의 일반인들에 대한 시들도 썼습니다. 그 가운데서 시인이 아닌 사람들에 대한 시들로부터 이야기해 볼까 합니다.

朋 友 記
　　―나의 슬픈 친구 鄭來英에게

그는
불란서 삼류 유랑극단의
엑스트라 같다.
　　―人生은, 글쎄

누가 쓴 희곡인지
그는 늘
죽는 역만 연습한다.

피곤한 지혜의 늙은 코끼리모양
어깨는 항상 귀보다 높고,
눈썹이 맞닿아
웃어도 웃는 얼굴이 아니다.

—그래서
희극엔 실패했지.

당신도
그런 친구가 있거든
밤 한 시쯤에 물어 보라.

人生은 무엇이냐고.

　이것은 내가 대학 시절에 쓴 가장 친한 친구에 대한 시입니다. 그
는 대학졸업 후에, 직장생활을 하면서 연세대 연극단에서 연출을
맡아 했는데, 거기서 만난 여주인공과 결혼도 했습니다. 그러나 시
의 내용대로 원만한 삶을 영위하지 못하다가 먼저 세상을 떠났습
니다. 그래서 더욱 '슬픈 친구'입니다.
　또 한 편을 소개하겠습니다.

　우리들의 상감마마

만취가 되면 집에 전화를 걸고 느닷없이 "중전이요? 과인은 오늘 국사가 있어 못 들어가오!" 하고 엄숙히 통보하던 동료 직원이 있었다. 졸지에 신하가 된 우리들의 연회는 태평성대를 구가했다.

— 상감마마, 오늘은 과음하셨사오니 서둘러 입궐하시옵지요.
— 과인은 오늘 여염집 아낙네 하고 통정을 하고 싶네.
— 아뢰옵기 황송하오나, 이 근방에 상감마마께옵서 취하지 않으신
　여인네가 없사온데요.
— 그러한가? 그렇다면 영상대감부인과는
　아직 방사를 치르지 못했으니 영상 댁으로 감세.
— 성은이 망극하옵니다.

그러던 우리들의 상감마마가 명퇴를 했다. 만조백관들은 다 있어도 상감마마가 안 계시니 궁궐은 폐가가 되었다. 우리들은 망명객처럼 모여 왕권정치의 복고를 획책하곤 했다. 이 세상의 모든 여인네들을 궁녀로 삼던 우리들의 상감마마, 지금은 택시기사가 되었다니, 어느 교통순경 앞에서 머리를 긁적이며 지갑을 열고 있을까!

오, 우리들의 상감마마시여
부디 옥체를 보존하시옵소서.

위 시의 모델은 나의 직장 동료입니다. 나이나 직급은 달랐지만, 그는 참 '좋은' 사람이었습니다. 학력은 고졸이었지만 풍부한 상식에 유머 감각을 지닌 교양인이었습니다. 특히 당시의 나처럼 술과 낚시를 좋아해서 여러 차례 밤을 같이 새우곤 했습니다. 술에 취해서 서부영화 얘기를 하며 밤을 지새우던 때가 참 그립습니다. (여기 그 이름을 밝히지는 않겠지만, 당시의 직장 동료들은 그가 누구인

지 금방 알 수 있습니다)

　박 찬 호

　네가 받는 박수갈채
　그 얼마나 힘찬가.
　네가 받는 돈
　그 얼마나 당당한가.
　총선의 아우성
　대선의 검은 돈들
　험악하고 흉측해라.

　하의상달의 직구,
　타협의 유화적인 커브,
　때로는 울분의 핀 볼도
　하기야 의외의 폭투도 있겠지.

　그러나 너는
　'홈'을 빼앗기면 안 된다.
　코리아는 우리들의 홈 베이스.

　3·1 만세의 스트라익!
　4·19혁명의 스트라익!
　이제 세 번째 스트라익이 남았다.
　남북을 관통하는 통일의 그 쾌속구!

　야구는 투 아웃부터지만

인생은 쓰리 아웃부터다.
완전한 인간이 어디 있으랴만
너에게는 '퍼펙트'가 있구나.

박찬호는 아메리칸 드림을 이룩한 기린아입니다. 박세리도 그러했지만, 그들이 보여준 쾌거는 한국인이 난관을 극복하는 위안의 원동력이었습니다. 그러고 보니, 최경주, 추신수, 박인비, 김연아, 류현진 등 스포츠계에는 국위를 드높이는 선수들이 참 많습니다. 한국의 현실을 생각하면서 써 본 박찬호 예찬 시였습니다.

이쑤시개

이를 쑤실 때마다
스님 한 분 생각난다.

그분은
이쑤시개 한 개를
3년이나 쓰셨다고 한다.

그런데 왜
이쑤시개보다 엄청 큰 육신은
더 오래 사용하지 못할까.
우리는
잇발사이의 찌꺼기나 파내지만
그분에겐 세상이
온통 찌꺼기가 아니었을까.

아, 長坐不臥
그분의 육신자체가
너무나 큰
우리의 이쑤시개였구나.

　읽어보면 누구나 쉽게 알 수 있는 성철 스님의 입적을 맞아 쓴 시입니다. 이쑤시개 하나를 3년씩이나 쓰셨다는 에피소드에, 눕지 않고 앉아서 오랜 세월을 보내셨다는 사실이 시적 가치를 뛰어넘는 인생교훈이 되었던 것입니다.
　이 밖에도 몇 편의 인물시가 있지만, 일반인들에 대한 예는 이것으로 마칠까 합니다.

'시인'에 대한 시들
- 나의 인물시②

나는 앞글에서 밝힌 대로 7백여 명의 한국 현대시인들에 대한 인물시를 썼고, 그 일부를 「현대시학」에 연재한 바 있습니다. 근 20년 전의 일입니다. 이 시편들은 ①최남선 이후의 현대시인 ②제목은 실명 ③형식은 '1인 1매' ④기법은 패러디 중심으로 썼습니다.

그런데 그 편 수가 700여 편이나 되니, 이를 한꺼번에 소개할 도리가 없습니다. 어찌할까, 궁리 끝에 작고한 시인들 가운데서 24편만 '견본' 삼아 소개해 볼까 합니다. (가나다순입니다)

김 경 린

여자는 병든 목관악기
남자는 고장 난 녹음기
태양이 투신자살한 감성계곡으로

이미지의 국제열차는 레토릭을 이탈해
모나리자의 하체에 틀어 박혔다.

김 관 식

현현자玄玄子라는 호부터 이상하다
25세 상임논설위원도 이상하다
26세 국회위원 낙선도 이상하다
과수원만 날렸다
잘 익은 언어의 과일이나 딸 일이지
이상하다 이상하다
37세의 그를 누가 따갔을까?

김 규 동

휴전선에 버려진 철모 위에
나비 한 마리.

그걸 누가
대포로 쏘려 하는가!

김 기 림

'봄은 전보도 없이' 온다는데
한 자 소식도 없으시다뇨.
'태양의 풍속'이야 매한가지겠지만

그쪽의 '기상도'가 불여의不如意 했나요?

김 동 명

당신들께서 젊으셨을 땐
호수에 돌을 던지셨지만,
요즘 젊은이들은
파출소에 화염병을 던지거나
고층빌딩에서 몸을 던진답니다.

김 동 환

산 너머 남촌에는 부동산 투기꾼
아파트 짓는다면 몰려서 오네
꽃피는 4월이면 최루탄 냄새
밀 익는 5월이면 화염병 불길
어느 것 한 가진들 실어 안 오리
언제나 마음 편히 살아보려나.

김 상 용

"왜 사냐 건,
웃지요."

응,
정신병자군.

김 소 월

산산이 부서진 이름이여!
부르다가 내가 죽을 이름이여!

그토록 사랑했던 사람의 이름이라면
본명을 한 번쯤은 밝혀 주셨어야죠.

김 안 서

'발가락이 닮았다' 했다고
절교장을 쓰셨다고요?

'혈액형이 닮았다' 했으면
살인 날 뻔했지요?

김 일 엽

청춘을 불사르고 입산했다.

아직도 불씨가 남아

이따금 산불이 난다.

김 춘 수

'꽃'이라는 시는

그가 쓴 것이 아니다.
그것은 하늘에서 떨어진 것이라고 자술했다.

천상에서 버려진 꽃은
지상에선 시가 된다.

남궁 벽

야구선수셨다니 아시겠지요만
산문 같은 직구는 위험해요.
내재율의 변화구를 사용하세요.
27세에 요절이라니
그건 감정의 폭투였어요.
인생은 '아웃'이면 그만이잖아요.

박 두 진

해야 솟아라, 해야 솟아라
솟기로 치면야 한국의 물가고物價高.
사슴을 따라 사슴을 만나면
보신에 최고라는 녹각 싹둑 잘라 먹고,
곰을 따라 곰을 만나면
정력엔 왔다라는 웅담 냉큼 빼먹지.

박 목 월

모든 혼령들은 다
'구름에 달 가듯' 하늘나라로 갔는데,
한 혼령만 아직도
밀 밭길에서 서성이네.

박 인 환

목마를 타고 떠난 그 숙녀는
영원히 돌아오지 않을 겁니다.

소문에 의하면
버지니아 울프가 강물에 투신할 때
누군가 함께 뛰어들었다고 하니까요.

신 동 엽

한국어를 사용하는 사람 중에서
가장 정확한 명사를 쓴 사람.
— '껍데기!'

동사를 가장 정확하게 발음한 사람.
— '가라!'

신 동 집

지금 이 세상은
하나의 '빈 콜라병'입니다.
단내 맡고 몰려든
파리 떼들의 잔치판입니다.

살충제 좀 급히 보내주시기를.

심 훈

'그날이 오면'
모두들 살판날 줄 알았는데,
그날이 지나고도 반세기를
더 죽을 뻔하며 살아왔답니다.

이 상

이게 시야?
숫자를 뒤집어 놓고
어떻게 읽으란 말이야.

거울에 비춰 보면 되잖아!

이 육 사

천고千古의 세월이 안 되어서 그런지
백마 타고 온 초인은 없었고
탱크 몰고 온 군인은 많았답니다.

천 상 병

나 다시
땅으로 돌아가리라.

오랜 잠의 하늘나라
소풍을 끝냈으니.

한 하 운

나의 첫 시집 서문에
'무서운 소년'이라 써주신 시인.

아, 나는
문둥이보다 더 무서웠었구나.

'시인'에 대한 시들
– 나의 인물시③

「시와 시론」동인들

'**인**물시'라고 하면 앞에서 소개한 실명시와 함께 빼놓을 수 없는 예가 하나 더 있습니다. 먼저 시부터 읽어 보실까요.

「시와 시론」동인

'시의 여당원으로서 시단의 야당원임'을 자처했던 우리들은
시 쓰는 것만으로 동인이 아니라
무엇보다도 '사람'으로 동인이었지만

'없는 것'으로 더 동인이었다.

청각이 없는 박용수와
손이 없는 이세종,
집이 없는 김정수와
애인이 없는 김옥기,
말이 없는 최계식과
취함이 없는 안진호,
타협이 없는 장필수와
본명이 없는 오미리,
아들이 없는 임병호와
월급이 없는 박석수.

그러나, 우리 모두에게
똑같이 없었던 것은 '돈'이었다.

이런 편집후기도 있었다.
― 안양에 와서는 돈 있는 척하지 마십시오.
　이곳에서는 「시와 시론」 동인들이
　시를 쓰고 있습니다.

그렇게 없는 동인이었기에
「시와 시론」은 끝내 없어져 버렸다.
운명이었다.
그러나, 우리들은
아직도 서로를 동인이라 부른다.
그러니까, 이제는
없을 건 다 없어지고

사람만 남은 것이다.

세월이 많이 흘러 이제는 「시와 시론」 동인회에 대해서 알고 있는 사람들이 많지 않을 것입니다.

위의 시에 거론되는 「시와 시론」은 1966년부터 1972년까지 안양에서 필자의 주재로 간행되던 동인지입니다. 그밖에 다른 사항에 대해서는 부연하지 않겠습니다.

위의 동인들 가운데서 김옥기, 김정수, 안진호, 박석수 시인은 이미 세상을 떠났습니다. 내가 왕성하게 시작활동을 하던 시절에 가장 사랑한 것은 담배와 술, 그리고 「시와 시론」이었습니다.

나는 그 동인들 가운데서 김옥기, 임병호 두 시인에 대한 인물시를 썼습니다. 먼저 김옥기 동인입니다.

그 여자

파고다 아케이드 309호실에는
시집 안 간 여자 하나 있지.

이 말에 귀가 솔깃한
자네는 틀렸어.
당신 같은 서울사람은 딱 질색이지.

우리 몇몇 사내들하고는
밤도 같이 보냈지만
그 여자
제일 먼저 잠이 들더군.

글 쓰는 사람은
다 못 믿겠다며
그림으로 암만 그려내도
떨어뜨려지지 않는 눈물을
원고지에 담아 숨겨 두더군.

두 귀만으론 한 사람의 말을
다 채울 수 없음을
파고다 아케이드 309호실
그녀의 화실에 가보면 알지.

사람 하는 일
모두 용서하기란
309호실의 그림물감 색깔로 풀려 있지.

　　김옥기 동인은 시도 참 잘 썼지만, 그림을 잘 그려 그걸로 생계의
방편으로 삼았습니다. 한때는 월남에까지 가서 화실을 운영했습니
다. 평생을 독신으로 살았고, 생전에 『먼 먼 여자』라는 개인시집을
한 권 간행했습니다. 그리고 세상을 떠날 때는 육신을 서울대학병
원에 기증했답니다. (이 이야기는 뒤에서 '조시弔詩'를 다룰 때 다시
할 것입니다)
　　김옥기 동인을 생각하면 가슴이 찡합니다. 그래서 더욱 그립습니
다. 다음은 임병호 동인에 관한 시입니다.

방문기訪問記

더 기쁘라고 예고 없이 찾아갔다.

월 3천 원의 단칸방,
그는 곤한 늦잠을 자고 있었다.

옆집의 꽃향기로
자기 집 담의 엉성함을 자랑하고
그는 부인을 야! 하고 불렀다.
다 詩쓰는 미친 친구들이라고 소개했다.

술상이 빨리도 들어왔다.
젓가락들은 모두 짝이 안 맞았다.
우리는
한 가지뿐인 김치를 열심히 집었다.
김치는 지독히 짜기만 했다.

빈가貧家의 반찬은 짠 법이라는
남의 집에서 재확인한 우리네 삶의 아픔을
뒤켠에 물러앉은 조무래기들이 지켜보고 있었다.
— 저런 애들이 나이가 들면
    새로운 국부론國富論을 써낼 테지.

취중에도 애들의 눈빛이 벌써 무서웠다.

그 책이 어서 나오기를
삼천리에 퍼져서 기다리고 있는
미래의 독자들을 실망시키지 않기 위해서
내 친구 집의 반찬은 자꾸 짜야만 한다.

지금 생각하니 당시의 임병호 시인의 가정을 너무 '가난' 일변도로 몰아가지 않았나 싶습니다. 부인께 뒤늦은 사과를 드립니다.

　각설하고, 임병호 시인은 그 서정시 하며, 그 심성 하며, 그 언행이 맑고 순수한 천성의 시인입니다. 『시와 시론』 동인이 되기 훨씬 전부터 술좌석엔 자주 어울렸고, 또한 술은 두주불사라 언제나 밤을 새워 마시고 노래하고 함께 위안을 나누는 전우 같은 사이로 지금까지 지내고 있습니다. 항상 정감이 감도는, 참으로 선한 시인입니다. 그에게는 다음과 간은 인물시 한 편이 또 있습니다. 읽어보시면 나처럼 따듯한 인간적인 체취를 느끼게 되실 것입니다.

　시인의 전화

　형님, 저 임병호에요
　낮술 좀 했어요
　보고 싶어서 전화했어요
　가을이잖아요, 형님!

'시인'에 대한 시들
– 나의 인물시④

시인들에 대한 시 몇 편을 더 소개하겠습니다.

시 인

단 한 번도 어려운 죽음의 문턱을
여러 차례 넘나든 李鎬光 시인의 말이
어떤 絶句보다 잊혀지지 않는다.
"형님, 시인으로 죽고 싶어요!"

시인은 누구나 젊어서부터
큰 시인 하나를 가슴에 품고 사는 것,
그와 함께 지금도 살고 있다면
당신은 시인으로 죽는 것이라고

나는 말해 주었다.

대답은 그렇게 했지만

아, 내 가슴속에서 정작

그 시인이 떠난 지는 이미 오래구나.

나는 시인으로 죽기에 앞서

시인으로 다시 사는 게 문제다.

이젠 그리 될 성싶다.

한 시인이 새로이

내 가슴속에 들어앉았으니까.

　나는 언제나 시인의 자질보다는 인간의 품성, 곧 그의 사람됨을 먼저 생각하면서 관계를 맺어 왔습니다. 위의 이호광 시인이야말로 지순至純의 선인이어서 무척이나 가깝게 지냈습니다.

　이미 고인이 됐지만, 그는 문학의 전문적인 수련과정을 거치지 않고, 시와 시조, 수필과 콩트, 세태소설 등 여러 장르에 걸쳐 작품 활동을 했습니다. 그런데 낮엔 잠을 자고 밤에 글을 쓰는 야행성 생활이었습니다. 더구나 집필(원고료)이 생활수단이었고, 한쪽 발에 장애가 있었습니다.

　그는 생전에 물질적 보상을 받아야 하는 창작생활에 대해 적잖이 못마땅해했습니다. 가끔 "그냥 〈시〉만 쓰고 사는 〈시인〉이고 싶다."고 속내를 내비치기도 했습니다.

　그러다가 암에 걸려 시한부 인생을 선언 받고서는, 그 내막을 전혀 알지 못하는 나에게 "이제 멀리 떠나게 되어서 형님께 이별 인사를 드린다."고 전화를 해서, 처음에는 다른 곳으로 이사하는 줄 알았는데, 사연이 그게 아님을 알고 할 말을 잃었던 기억이 새롭습니다.

나는 그가 누구보다도 본질적인 시인이었다고 확신합니다. 그가
이따금 불던 하모니카 소리가 들리는 듯합니다. 그립다는 말을 한
들 어쩌겠습니까.

그리운 無法者
　　　-강우식 시인에게

깊은 밤에 전화를 걸고
불문곡직 육두문자로 소리 지르는
그런 취향이 있다는 건
이 땅에 아직 사람이 산다는 거다.

씨이파알노오마,
니 보고 싶어 내 안양에 왔다마!

그건 외로워 죽겠다는 말 아닌가!
나를 보고 싶은 사람이 있다는데
세상에 살아 있어야 하지 않겠는가.

그리움으로 가는 길 모두 막히고,
사람 찾는 눈 다 감기우고,
어쩌다 빛이 드는 추억의 미로에서나
남의 집 물건 훔치듯 더듬는 인정이여.

그 누가 '욕은 빈자의 詩'라고 했던가.
지상의 마지막 로맨티시스트 같은

욕쟁이가 그리운 날이 그대들에게도 당도하리니
그날을 위해 육두문자의 화답법을
익혀 두어야 하리라.

그게 언제였던가요. 근 20년은 됐으리라. 평소 주로 지면으로 알고 지내던 강우식 시인이 '깊은 밤의 육두문자' 전화를 했던 것입니다.

나는 놀라워하거나 기분이 언짢기보다는 위 시에 서술한 대로 인간적인 체취, 곧 갈수록 사라지는 '사람의 냄새'를 물씬 맡았던 것입니다.

여러분에게도 한밤중에 '빈자의 詩'를 쓰는 시인이 있는지요?

가보지 않은 길
　　　－R · 프로스트에게

당신이 가보지 않은 쪽 길로
일부러 가 보았지요.

처음엔 길이 없어 힘들었지만
자꾸 가다보니 익숙해져
사람이 가지 못할 길이란
이 세상에 없구나 생각했지요.

이만큼 왔으니 이젠 돌아가서
나 어디까지 갔었노라고
당신에게 이야기할 작정이었는데,

저만치 웬 사람 하나가
더 앞서 가고 있지 않겠어요.

돌아와 생각해보니
아니, 그건 바로
당신의 뒷모습이 아니었나요?

　나는 학창시절부터 미국시인 가운데에서는 로버트 프로스트를 가장 좋아했습니다. 우선 '자연'으로부터 인생의 지혜를 자아내는 그의 시가 좋았고, 쉽게 쓰면서 깊은 의미를 내포시키는 그의 시법이 좋았습니다.

　위의 시는 프로스트의 「가지 않은 길」에 대한 패러디로서, 그의 시심의 심원함을 기리기 위한 것입니다. "오랜 세월이 흐른 뒤에/ 나는 한숨지으며 얘기하겠지요. / 숲 속에 두 갈래 길이 나 있었다고, / 나는 사람이 적게 간 길을 택했고, / 그것으로 해서 모든 게 달라졌다고." 프로스트의 마지막 연입니다. '시'를 선택함으로써, 나의 삶의 방향은 내가 지금까지 살아온 바의 인생이 되었던 것입니다. "만일 시의 길을 선택하지 않았더라면?" 당신은 무슨 회상을 하시나요.

시인의 말
　－강영서 시인에게

나이가 들수록

102

마음의 짐
가볍게 해야 합니다.

다 내주어 텅 빌 때까지
자꾸자꾸 내주어야 합니다.
더 물러서서 홀로일 때까지
자꾸자꾸 물러서야 합니다.

더 그립기 위해
세상에서 멀어지는 연습
거듭거듭 해야 합니다.

더 외롭기 위해
사람에게 지는 연습
거듭거듭 해야 합니다.

당신의 말씀들
참 그윽한 詩입니다.

　강영서는 참 특이한 시인입니다. 오늘날에는 찾아보기 힘든 한시를 주로 쓰고, 수석의 달인이고, 고서의 애장자일 뿐만 아니라, 전직이 형사였던 것입니다. 더구나 그는 마음을 한번 건네주면 그걸 평생 사수합니다. 또한, 이웃에 베풀기를 아주 좋아합니다. 한 마디로 그 자신이 '수석' 같은 사람입니다. 그냥 수석이 아니라 '명석' 말입니다.
　안양에서 30년 넘게 활동하고 있는 「화요문학」 동인지의 출판기념회 자리에서 강영서 시인이 한 말들을 간추려 엮어서 만든 시입니다.

주변에 좋은 시인들이 있어 나는 아주 행복하답니다.

나의 '조시(弔詩)'들

이제 우울한 얘기 좀 해야겠습니다.

'죽음'에 대한 이야기는 언제나 우리를 서글프게 합니다. 나와 인간적인 '관계'가 가까워질수록 그 서글픔의 농도가 짙어집니다.

나는 태어나면서 병약하여 죽음에 대한 시를 참 많이 썼습니다. 그리고 안양의 태어난 집터에서 70여 년을 살아오고 있기 때문에, 그동안 지인들의 장례식 때 조시를 낭송하기도 했습니다. 그러나 여기서는 몇몇 시인들의 경우만 예로 삼겠습니다.

하느님의 조사弔辭

병문안 차
片雲선생 댁을 찾아가는 길,
무덤으로부터의 환생인 양

지하철역 계단을 올라오니
흰 눈이 내리고 있었다.

서울에서 눈을 맞아보는 것도
대학 시절 이후 처음
40년 만의 일이로구나.

그때, 그 자리
혜화동 107번지, 시인의 집
새집에 옛 주인 그대로지만
부축을 받아야 아기처럼 발을 떼는 노시인.

흘러내리는 침에 어눌한 말씀
문우들의 弔詩는 그리 많이 썼는데
당신을 위한 조시는 들을 수 없겠지.
그런 생각 허망이 밖에 나서니
흰 눈은 그 사이 세상을 덮었구나.

아, 그렇구나
저 백설이 바로
하느님의 弔詩였구나!

하느님 얘기가 나온 김에 또 한 시인의 조시를 소개하겠습니다.

하느님께

혹시 「詩와 詩論」 동인회를 아시는지요?

1960년대에 제법 이름을 얻었었지요.
동인 가운데 안진호와 박석수가
먼저 세상을 떠났고
이번에 김옥기가 당신 앞으로 갔습니다.

당신께서 데려가기 아주 편하시게
육신은 전부
세상 사람들에게 기증했답니다.

그러하오니, 하느님
영혼만 잘 받아주십시오.

이 역시 시 내용 그대로입니다. 그러고 보니 나의 시들은 '이야기 시'처럼 읽으면 그냥 전달되는 편입니다. 따지는 사람, 복잡한 삶이 싫어, 편한 시를 택했기 때문입니다.

각설하고, 김옥기 시인에 대해서는 앞에서 이미 소개한 바 있어 재론하지 않겠습니다마는, 생전에 전신을 기증할 생각을 하고, 사후에 그것을 실행했음은 웬만큼 감동받을 일이 아니었습니다.

그는 사람으로 할 수 있는 가장 아름다운 일을 한 것입니다.

다음은 위의 시에 나오는 안진호, 박석수 두 시인에 대한 조시입니다.

조사弔辭
　　－ 안진호 시인을 보내며

난생 처음 조사를 낭독했다.

내가 쓴 글로는
난생 처음 사람을 울렸다.

사람들이 눈물을 흘린 것은
나의 글 때문이 아니라
너의 떠남인 것을 어찌 모르랴.

조사를 쓰면서
나는 먼저 울었다.
故人이라고도 써보고
故 안진호 시인이라고 불러도 보고
당신, 그대라고도 썼지만
살아 있을 땐 우리
그냥 '진호야', 그렇게 불렀지.

너는 가고 우린 남았다.
살아남은 것도 죄가 되는가,
"진호야, 잘 가거라!"
허공에 부르짖은 조사의 마지막을
누가 영령에 대한 非禮라 탓하랴만,
아무리 이름을 불러도
대답을 할 수 없는 사람아
그래, 너는 그런 사람이 되었구나.

시인의 무덤은 사람들의 가슴속
거기서 오래오래
잘 살거라, 진호야!

(1994. 5. 27)

안진호 시인은 나와는 안양 초·중·공고 선후배 관계로 누구보다도 가장 먼저 정을 주고 지냈습니다. 그에 대해서 나는 그의 첫 시집 (『여름낙엽』, 1974) 발문에서 이렇게 썼습니다.

　안진호. 그는 좋은 사람이다. 조용한 善人, 한결같은 서민의 동반자다. 그는 누구와도 친구가 될 수 있다. 그와 친구가 될 수 없는 사람은 누구의 친구도 될 수 없을 것이며, 그를 적으로 삼는 자는 인류를 적으로 맞게 될 것이다. 그는 영원한 인정의 코스모포리탄이며, 휴머니티의 방부제인 것이다.

　그는 시의 사조나 이론, 시인의 명예나 행세, 문학의 사명이나 효용, 예술의 가치나 운명 등속에 입 다문다. 그는 행복한 벙어리다. 그냥 시를 살고, 시인을 아끼며, 문학을 가꾸고, 예술을 기릴 뿐이다.

　직장에서는 에뜨랑제요, 사회에서는 보헤미안, 생활에서는 피에로, 인생 자체에서는 집시인 그는 사람으로 시를 쓰고, 사내로 술을 마시며, 인간으로 집에 돌아가 한 짐승의 잠을 잔다. 잠 속에서 그는 〈예수처럼 위대해지는〉 꿈을 꾼다.

　더는 할 얘기가 뭐 있겠습니까. 한마디로 좋은 사람, 그만큼 좋아했다는 게 아니겠습니까. 그런 후배가 유명을, 그것도 취중의 교통사고로, 이승을 떠났다니 웬만큼 애통할 일이 아니었던 것입니다. 우리는 '안양문인협회장'으로 그의 영결식을 치렀고, 거기서 내가 '조사'를 했던 것입니다. 벌써 20년 전의 일이 됐습니다. 세월, 정말 무정하게도 빠릅니다.

　검은 넥타이를 매면서
　　– 故 박석수 시인에게

저 박건호예요
石秀가 오늘 새벽에 세상을 떠났어요!

전화선을 타고
너는 세상을 떠났다.

눈앞의 어둠을 지난 세월이 덮친다.
너는 「詩와 詩論」 동인회의 막내,
언제나 뒤만 따라오더니
하늘나라로는 앞장서 가는구나.

'賻儀'라고 쓴 손으로
느낌표 덩이의 검은 넥타이를 매면서
그 손으로 붙잡아 둘 수 없는 너,
너를 놓아 보낸다.

石秀야, 쑥고개의 '詩의 술래'야
너는 이제 영 찾을 수가 없느냐.
나 여기 있지, 하고
놀리며 뛰어나와다오.

그래도 임마
잘 있으라고 인사는 해야지.
거기 우리보다 더 좋은 사람 있으면
안 내려와도 괜찮다.
항상 젖어 있던 네 눈망울
비가 되어 우리를 적시는구나.

(1996. 9. 12)

박석수는 1971년에 대한일보 신춘문예 시부분에, 1981년에는 「월간문학」 신인상 소설부문에 당선된 천부적인 작가였습니다. 또한, 「여원」, 「소설문학」, 「직장인」, 「미용생활」의 편집부장, 도서출판 한겨레의 주간을 거쳐, 스스로 출판사를 설립, 경영하다가 과로로 세상을 떠났습니다. 47세의 한창때였습니다.

대한일보 신춘문예 시 당선 시상식을 끝내자마자 박건호와 함께 안양에 내려와 이틀 동안 술을 마시던 추억이 새롭습니다. 남다른 감수성으로 외로움을 많이 탔습니다. 김옥기, 박건호 두 사람과 참 친하게 지냈는데, 이젠 세 사람 모두 하늘나라로 갔습니다. 그곳에서도 정답게 살기를 바랄 뿐입니다.

'안양'에 관한 시들

나는 시가 아니더라도 '안양'에 대해서는 할 말이 참 많습니다. 그것은 무엇보다도 태어난 집터에서 지금까지 살아오고 있는 고향이기 때문일 것입니다.

고향은 누구에게나 정신적인 어머니이기에 모성애에 상응하는 사랑의 정서를 듬뿍 지니기 마련입니다. 그 사랑을 표출하는 방법이나 분야는 사람마다 다를 것이로되, 나의 고향 사랑이 정서적으로 표현된 것이 바로 '시'인 것입니다.

사실 어떤 의미, 곧 상징적 차원에서 나의 연작시인 '흙의 사상'은 안양을 노래한 것이라 할 수 있습니다. 앞에서도 소개한 바 있지만, 내가 '흙'을 통해서 대비시킨 정신과 물질, 흙과 콘크리트, 삶과 죽음, 농촌과 도시, 영혼과 육신, 문명과 반문명의 요소들은 안양의 흙의 삶을 통해 얻은 것들이기 때문입니다. 그 시들 가운데서 '안양'과 직결된 몇 편을 여기 소개해 볼까 합니다.

아무래도 「엽서」얘기는 빼놓을 수 없을 것입니다.

엽 서

나의
고향은
급행열차가
서지 않는 곳

친구야

놀러 오려거든
삼등객차를
타고 오렴.

– 경기도 시흥군 안양읍 안양리 양지동 946번지

이 시에 대해서는 앞에서 이미 설명·소개했습니다마는, 나의 '안
양'詩, 아니 어쩌면 나의 모든 작품 가운데서 대표작처럼 여겨지고
있는 것입니다. (맨 아래 행의 '주소' 부분은 생략하고 발표하는 것
이 상례입니다) '안양'이라는 지명이 실제로 시의 제목으로 처음 쓰
인 것은 다음의 작품입니다.

安 養

安養은 서울 바로 아래라서
서울로 가려다 지친 사람들이 많이 모여 살고,

安養은 서울 가까운 곳이라서
서울을 피해 나온
덜 약은 사람들도 내려와 산다.

나처럼 고향을 지키려는 사람이
安養에도 적어졌다.
겁이 많은 長男들만 남아서
아버지의 유언을 기다리며
조상의 무덤이나 쓰다듬고 있다.

바람 탓이다.
돈 바람.
가면 다시 안 부는
돈 바람.

근대화의 폐수가
송사리까지 몰아낸 냇물을 막아
여름에는 푸울장
서울 사람들이 몰려와
한겨울 난 먼지 돈으로 씻고 가고,
휴일에는 관악산 골짜기마다
더러운 서울공기 토해 놓고 간다.
安養서 살던 깨끗한 공기들도
나무숲 속에서 빠져나간다.

요즘에는 山귀신들도 딴 곳을 찾아
사람 몰래 도망가는 걸

나 혼자 지켜보고 있다.

　이 시는 쓰여 있는 그대로 나의 고향, 안양이 근대화·산업화의
여파로 공해가 유발되어 자연환경이 못 쓰게 되어감을 씁쓸히 읊은
것입니다. 이런 정황을 더 구체적으로 노래한 것이 다음 작품입니
다.

옛이야기

　내 고향 安養
　물이 참 좋았었지.
　산엔 산새
　들엔 들꽃,
　누구나 만나면 알아 인사하고
　사람들은 마음 하나만 가지고
　서로서로 찾아다녔지.

　공장이 들어서고
　낯선 얼굴들이 모여들고
　낯선 물들이 고기를 내쫓고
　낯선 연기들이 공기를 내몰고
　낯선 바람,
　그
　돈바람에
　모두들 마음을 날렸지.

安養 포도

그건 옛날얘기.
내쫓긴 고기들이 밤마다
내몰린 공기들이 밤마다
나를 찾아와 괴롭게 울고 간다.
그게 꿈일망정
그게 꿈일망정
내 마음은 물이 되고 하늘이 된다.

이런 옛날얘기
애들한테는 어렵고
어른들끼리는 더 어려워
깊은 산 속에 들어가
소리소리 혼자 소리쳐 본다.

'안양'이라고 하면 옛날에는 곧바로 '포도'였습니다. 그만큼 물이, 토양이 좋았었습니다. 그러던 것이 1960년대 초부터 산업입국이라는 국가적인 캐치프레이즈 아래 안양천을 중심으로 공장들이 들어섰고, 그 공장의 굴뚝에선 시커먼 연기들이 꾸역꾸역 내뿜어졌습니다. 당시에는 그것이 생산의 물증이었지만, 드디어 안양천이 공해의 상징처럼 버려졌습니다. 모두 황금 숭배의 산물이었습니다.

그 후 막대한 자금을 들여 자연환경을 개선한 안양천에 물고기와 새들이 다시 돌아왔음은 정말 환영하고 기뻐할 일입니다.

'안양'이라는 제목의 시를 발표하고 꼭 30년이 지난 후(2003년), 나는 또 '안양'이라는 제목의 시를 썼습니다.

安 養

'안양'이라고 하면
문인들은 내 이름을 떠올려 준다.
얼마나 고마운가, 고향이여.
나는 그냥 안양에 산다고 말하지 않는다.
"태어난 집터에서 지금까지 파묻혀 살지요"

〈파묻혀〉라는 말을 드러내기 위해
고기가 물을 못 떠나듯
안양을 떠나지 않는다.

그래서 안양은 나의 자연이다.

어쩌다 서울에 가려면
숲 속의 산짐승처럼 어슬렁
안양을 빠져나온다.

아, 그런데 그 서울
사냥꾼들만 득실거린다.

무섭다, 어서 내 굴로 돌아가자.
내 죽어서도 안양에 묻히리니
안양은 이미 나의 무덤이다.

　나는 학창시절부터 서울을 기피했습니다. "서울 사람 보기 싫어
서울 안 갈란다./서울서 죽기 싫어 서울서 안 살란다./서울 가면
내 고향 흙 밟고 싶어/정말 죽겠더라."(「흙의 사상·3」)고 노래했
을 정도로 서울을 싫어했습니다.

나는 '김대규=안양'이라고 여기는 전국의 문인들에게 고마움을 느끼면서, 그럴수록 고향 사랑의 정서를 가다듬어 왔습니다. 위 시를 쓴 것이 환갑을 갓 넘긴 때였지만, 십 년이 더 지난 지금도 '안양'에 대한 시는 계속 쓰면서, 서울에는 더욱 가지 않게 됩니다.

중요한 것은 서울에 가고 안 가고가 아니라, 안양은 나의 삶과 죽음을 여일하게 관장하고 있는 종교적인 경지의 인생관이라 하겠습니다. 살아 있으면서도 "안양은 이미 나의 무덤이다."라고 노래한 것은 생과 사를 초월한 애향의 일념이라고 생각합니다. 마지막으로 안양에 관한 미발표 시 한 편을 소개하겠습니다.

내 가슴을 가장 뛰게 하는 말

사랑이라는 말에
가슴이 뛰었었지.

어머니라는 말은
지금도 가슴을 뛰게 하지.

그러나 가장 오랫동안
내 가슴을 뛰게 한 것은
'안양'이라는 말.

내 고향 안양
그 말 속엔 이미
사랑과 어머니가 들어 있으니까.
그리고 안양은

내가 영원히 잠들 곳이니까.

내가 나의 호를 '文鄕'이라 한 것도 문학과 고향에 대한 순수한 애정 때문이요, 회갑기념 시선집(『가을 小作人』2001)을 "나의 사랑. 내 고향 '안양'에 바칩니다."라고 한 것 또한 애향의 일념에서였습니다.

'안양' 詩는 부지기수지만, 그에 대한 얘기는 일단 여기서 접겠습니다.

제6시집 『흙의 詩法』과 '흙의 문예상'

앞에서 여러 차례 언급했습니다마는 '흙의 사상'이라는 연작시는 나의 시 세계의 중심축이었습니다. 나에게는 이에 대한 두 권의 시집이 있는데, 그 첫 번째가 '흙의 사상'이라는 부제를 시집 제목으로 삼은 『흙의 사상』(동서문화사, 1976)이요, 그 두 번째가 『흙의

詩法』(문학세계사, 1985)입니다.

그런데『흙의 詩法』이 간행된 1985년의 가을 어느 날, 농촌운동의 상징이셨던 유달영 박사님께서 한번 만나보자는 의외의 전화가 왔습니다. 나는 안양의 삼원프라자 호텔 커피숍에서 박사님을 만났습니다. 놀랍게도 박사님의 손에는 내 시집『흙의 詩法』이 들려 있었습니다.

당시 전국농업기술자협회 총재이셨던 박사님의 말씀은 "우리 협회에서는 매년 연말에 문인 한 사람에게 〈흙의 문예상〉시상을 하는데, 금년에는 구상 시인께서 적극적으로 추천해 주시어 김대규 시인을 수상자로 결정했다."는 것이었습니다.

나는 솔직히 상을 받게 되어 기뻤고, 더욱이 한 번도 만나본 적이 없는 구상 시인께서 천거해 주셨다는 것이 잘 믿기지 않았습니다.

박사님이 말씀을 이으셨습니다. "〈흙의 문예상〉은 상 이름 그대로, '흙'을 통하여 우리나라의 농촌생활에 대한 의미를 되새기고, 물질문명으로 피폐해 가기만 하는 인간의 영혼에 방부제 역할을 하는 작품성을 높이 평가하는 것."이라는 시상 취지였습니다.

나는 그해(1985) 연말에 시집『흙의 詩法』으로 〈흙의 문예상〉을 받으면서, '흙의 사상'이라는 연작시의 시작詩作 의도와 완전히 부합되는 상의 수상자가 된 것에 일종의 자긍심을 느끼고, 대학 시절을 제외한 첫 번째 문학상의 의미를 되새겨 보았습니다.

박사님 역시 수필가로 왕성한 작품 활동을 펼치신 분이라,『흙의 詩法』의 시 세계에 대한 촌평을 잊지 않으셨습니다. 그것은 무엇보다도 물질적 삶에 대한 '풍자성'이라는 것이었습니다. 작품 제목을 지적하지는 않으셨지만, '풍자'라고 하면 가장 먼저 떠오르는 작품이 있습니다. 바로 「야초野草」입니다.

야 초

돈 없으면 서울 가선
용변도 못 본다.

오줌통이 퉁퉁 불어가지고
시골로 내려오자마자
아무도 없는 들판에 서서
그걸 냅다 꺼내 들고
서울 쪽에다 한바탕 싸댔다.

그런 일로 해서
들판의 잡초들은 썩 잘 자란다.
그 뜻을 알아차리고 억세게 자란다.

서울 가서 오줌 못 눈 시골 사람의
오줌통 불리는 그 힘 덕분으로
어떤 사람들은 앉아서 밥통만 탱탱 불린다.

가끔씩은 밥통이 터져나는 소리에
들판의 온갖 잡초들이 귀를 곤두세우곤 했다.

풍자 일색입니다. 이 시는 내가 서울에서 공중변소를 찾지 못해
애를 쓰다가 어렵사리 한 군데를 찾아냈는데 '유료'인지라, 이래저

래 불편해진 심기에서 착상된 작품입니다. 시골과 서울, 곧 도시적 삶의 부조리한 탐욕에 대한 경계적인 풍자시지요.

그런데 근래 고등학교 문학교재들에 이 「야초」가 채택, 게재되어서 약간의 유명세가 첨가되었답니다. 물론 문학작품의 '풍자성'을 논의하는 부분의 자료입니다. 그렇다면 학생들에게 강의할 때 "그걸 냅다 꺼내 들고"라는 부분은 어떻게 설명할까 궁금해지기도 합니다. 아마도 풍자 속의 '해학'이라고 하지 않을까요? 어쨌거나 '서울'에 대한 반감은 '흙의 사상'의 강력한 모티브이기도 해서, 다음과 같은 소품에도 여실히 반영되어 있습니다.

신작로新作路

서울행 차들이
먼지를 뿜고 간다.

흙담
허물어진
한구석에서
까만 조무래기들이
손을 흔들고 있다.

오해하지 말 것!

그것은
환송이 아니라
거부권의 실습이니까.

이러한 '反서울적'인 나의 시들에 대해 평론가 임헌영은 "교모 대신 밀짚모자를 쓰고 다니던 대학 시절, 시를 쓰겠다고 대학에 들어간 것을 오해였다고 후회하는 등의 순수벽은 끝내 서울에 대한 염증으로 바뀌어 그는 안양 양지동으로 귀향, 오늘도 안양의 거리와 민중들의 삶을 노래하고 있다. 실로 현대 우리 문단에서 가장 일찍 낙향한 시인이라면 아마 김대규가 아닐까!"라고 지적하면서, "문명·비인간화·기계화에 대한 상징으로서의 도시적 삶을 비판하는 이 시인은 '도시'를 보다 확대시켜 문명의 나쁜 측면을 집대성한 곳, 토착적 정서를 버린 곳, 민중을 학대하는 곳, 부패와 수탈의 현장 등등으로까지 느낄 수 있도록 노래한다."고 평설했습니다.

'흙'은 이처럼 인생, 시대, 사회 등 모든 부면에 걸친 은유의 산실입니다.

그 가운데서도 가장 본질적인 상징은 '죽음'이 아닐까 합니다.

시집 『흙의 詩法』에도 이와 연관되는 좋은 예시가 한 편 있습니다.

산역山役

오늘
肉身 하나를
흙으로 되돌려 보냈습니다.

山은 어머니처럼
가슴을 따뜻이 열고
오래 못 본 자식을 끌어안듯
말없이 받아들였습니다.

삶은 아픔,
인간사 그 고뇌를
다시 살면 뭘 하겠냐는 듯
어허 달공, 어허 달공
흙은
점점 더 힘껏 끼어 안았습니다.

주위의 나무며 바위,
구름이며 산새가 주욱 지켜보다가
바람에게 뭐라고 귀띔하자
한 자락 바람이 휘익
그 말을 받고 세상 저 편으로 급히 갔습니다.

인생은 한 줄기 바람,
목숨은 흙에서 흙까지.

　이 시는 친척 가운데 한 분이 세상을 떠났을 때, 장지에서 착상
한 메모들을 첨삭하며 완성한 것입니다. 약간의 종교적 이미지가
오버랩 되지만, "흙에서 흙까지"라는 것이 시상의 중심축입니다.
　죽음은 만인의 철학이자 영원한 詩입니다.

멕시코 월드컵 한일전 '축시'의 비화

내가 붙인 제목이지만 좀 그렇습니다. 마치 삼류 추리소설 제목 같지 않습니까. 그러나 또 내용을 알고 보면, 별달리 마땅한 제목이 있을 성싶지도 않습니다.

하여튼 나에게는 아직도 가슴 설레는 추억감입니다. 그럼, 먼저 문제의 '축시'부터 볼까요.

장하다, 그대들

金 大 圭 〈詩人〉

그대들 기어코 해냈구나!
이 감격, 이 환희, 이 열광
그렇게도 멀고 험했던 길
번번이 마지막 길목에서 맛보았던
지난날의 고배도 이제는 값지구나.

그대들 장하다.
후련하고 통쾌하다.
가슴에는 빛나는 태극 마크
마음속엔 뜨거운 조국을 안고
초원의 맹수처럼 포효하며 내달아
드디어 쟁취한 집념의 승리여.

우리 얼마나 고대했던 날인가.
1985년 11월 3일
그렇다, 이날은 56년 전
우리 젊은 학생들이 日兵들의 총칼 앞에서
대한독립 만세를 불렀던 날.
그리고 오늘 바로 그날에는 온 겨레가
일본을 물리치고 만세를 불렀나니!
그 36년처럼이나 길었던
32년 만의 스포츠의 광복이여!

운동장이 터질 듯, 서울이 떠나갈 듯
집안에서 거리에서 어른도 아이도
다방에서 술집에서 주인이건 빚쟁이건
시골에서 도시에서 품팔이건 사장이건
온 국민이 그냥 똑같은 동포였던 시간.

공 하나에 둥글게 합심하고
그대들의 일거일동에 희로애락 함께 하던 우리
대통령도 걸인도
나의 조국은 대한민국이라고 자부했던 날.
무엇이 우리를 그리 뭉치게 하랴.
그 위대한 결속이여
그게 바로 이 땅에 가장 필요한
진정한 사랑의 힘 아닌가!

아, 그대들 늠름하다.
이제 크게 외치리라.
여기 자랑스러운 코리안이 간다고.
이역만리 멕시코에 태극 깃발 휘날리며
그대들 드디어 해냈다는 뽐냄도 크겠지만
그래 정말 이제부터라는 다짐으로
싸워서 이기고 또 싸워서 이기리라.

세월이 흘러 사람들은 혹 잊을지라도
역사는 그대들의 이름을 기록해 놓나니
영광은 조국에 돌리고
승리는 국민에게 안기며
당당히 개선하라.
코리아의 젊은이여!
金正男 사단이여!

이 축시의 탄생 비화의 전말은 이러합니다.
1985년 11월 2일 오전 10시경에 '일간스포츠' 신문사 박인숙 기자로부터 의외의 전화가 왔습니다.

내용인 즉, 내일(11월 3일) 오후에 멕시코 월드컵 최종 예선전인 한일전이 서울에서 개최되는데, 일단 이긴 거로 예상하고 승전 '축시'를 길게 써 달라는 것이었습니다. 실제로 경기를 치르고, 그 결과에 따라 '축시' 문제를 처리하면 일간지의 성격상 시간이 맞지 않았기 때문이었습니다. 승패에 따른 특집판의 관련 기사들도 미리 다 써뒀던 것입니다.

나는 11월 2일 오전에 전화를 받자마자, 내 나름대로 격렬한 경기 끝에 승리하는 상상의 나래를 펼쳐가면서 몇 시간 동안을 고전분투하며 원고를 썼습니다. 나의 축시 쓰기도 혈전, 육탄전이었습니다. 상대가 일본이었기 때문에 전의가 더욱 불사뤄졌습니다.

길게 쓰라는 주문을 염두에 두고, 위의 내용으로 마무리를 지은 후, 일간스포츠 박 기자에게 전화를 걸어 받아쓰기 시험을 치르듯 또박또박 불러 주었습니다. 촌각을 다투는 수혈용 혈액의 공수작전 같았습니다.

그리고 하루가 정말 '일일여삼추一日如三秋'로 지나갔고, 시합이 벌어졌고, 용케도 한국이 1:0으로 승리를 해서 멕시코 월드컵 출전권을 획득, 확정한 것입니다. 전국이 환호와 흥분의 도가니였고, 하필이면 11월 3일에 개최된 한일전이어서 승전의 쾌감이 몇 백 배로 부풀어 올랐던 것입니다. 내게는 8·15 광복 이후, 그처럼 온 민족이 하나가 되었던 적은 없었던 것처럼 느껴졌습니다. 공연스레 나 자신이 승전에 일조한 듯한 착각마저 들었습니다.

무슨 축시나 기념시가 아닐지라도, 모든 시의 운명은 순탄치 않은 것이라고 생각합니다. 이 세상에는 무수한 시인들이 있고, 그 시인들에 의해 매일 매 순간 무수한 시들이 태어납니다. 그렇다고 그 시들이 모두 지면에 인쇄되는 것은 아닙니다. 그냥 사라지는 시, 그대로 잊혀버리는 시인들이 허다합니다. 시뿐만 아니라, 이 세상에 존재하는 모든 사물에는 그에 합당 되는 응분의 '운명' 같은 비사秘事가 있지 않을까 합니다.

　사족 : 이번 '축시' 비화에는 또 한 가지 비화가 있답니다. 궁금하지 않으십니까. 그것은 내게 1985년 11월 4일 자의 일간스포츠가 없었던 터라, 안양문협 사무국장인 장호수 시인에게 그 탐문조사를 의뢰했던바, 국립도서관에까지 가서 끝내 자료를 확보해 주었던 것입니다. 시의 운명도 참 기구하지요?

피난생활의 시화詩話

이쯤 해서 유년시절의 피난생활에 관한 詩 얘기를 해볼까 합니다. 피난생활이란 물론 6·25(1950)와 1·4 후퇴(1951) 때를 말합니다.

6·25 때 우리 가족은 안양 인근의 '담배촌'이라는 산속 마을로 피난을 갔습니다. 초등학교 3학년 때여서 '피난'의 의미도 잘 몰랐습니다.

당시 아버지가 안양읍의 부읍장이었기 때문에 그들(인민군)의 눈을 피해 숨어 살아야 했습니다. 나는 물론 아버지가 숨어 있는 곳을 알고 있었습니다.

눙깔사탕

6·25 때

긴 총을 거꾸로 멘 사람들이 찾아와
아버지가 어디 계시냐고
머리를 쓰다듬으며 물었다.

나는 산 밑의 숲 덩굴을
손가락질하지 않았다.
그 손에 받은 눙깔사탕을
되돌려줄 뻔했다.

국회의사당에서
욕설에 삿대질을 하는 사람을 보면
틀림없이 누군가에게 가서
내가 얻어먹은 것보다 훨씬 큰
눙깔사탕을 받아먹을 것이라는 생각이 든다.

6·25 때는 그래도 집 가까운 곳으로 피난을 갔기 때문에 가끔 집
에 들러 식량을 가져다 먹을 수 있었습니다.

1·4 후퇴 때는 충남 청양으로 피난을 갔습니다. 처음에는 남의
집 헛간에서 지내다가 간신히 빈방을 얻어 거기서 일곱 식구가 함
께 지냈습니다. 양식이 없으니 당연히 밥을 빌어먹었습니다.

거 지

옛날에는 거지가 참 많았습니다.
어머니는 오죽해야 빌어먹겠느냐며
먹다 남은 걸주면 천벌을 받는다고

밥통의 새 밥을 퍼 주셨습니다.
마을에 잔치라도 있을 땐 으레
한상 따로 차려 배불리 대접했습니다.

1·4 후퇴 땐 쌀가마니는 다 집에 두고
충청도 청양으로 피난을 가서
밥을 얻어먹으며 살았습니다.
거지가 별것이 아니었습니다.
낮에는 동네 아이들과 함께 놀았습니다.
거지라고 놀리는 아이는 없었습니다.
피난생활을 끝내고 청양을 떠날 때는
손을 흔들며 전송을 해 주었습니다.

이래저래 거지가 참 그립습니다.

  밥을 얻어 오면 그걸 물에 불려서 양을 늘려 나눠 먹었습니다. 자식들이 밥을 빌어 오는 모습을 부모님들은 어떤 마음으로 보셨을까. 지금 생각하면 가슴 찡한 추억입니다. 그 걸인생활이 어찌나 인상 깊이 각인되었는지 시작생활까지 거기에 비유해 보는 습관이 생겼습니다.

  거지와 시인

  그 옛날 1·4 후퇴 때는
밥을 빌어먹으며 피난생활을 했다.
"밥 한 술 주세요."

집집마다 찾아다니며
기어드는 목소리로 구걸을 했다.
인심이 좋아서 굶지는 않았다.

그때 내 나이 열 살
세월이 흘러 나는 시인이 됐다.

"시 한 수 주세요."

평생 뮤즈에게 구걸을 했다.
뮤즈의 시심도 야박해졌는지
요즘은 굶을 때가 많다.

청양 피난생활 중에는 엿장수 경험도 있습니다. 길거리 한쪽에 목
판을 놓고 두 누님과 함께 행인들에게 "엿 사세요."라는 말을 번갈
아 가며 했습니다. 장사는 시원치 않아 오래 하지 않았습니다.
무엇보다도 꼭 해야 할 일은 추운 겨울이라서 방에 땔 나무를 하
루도 빼놓지 않고 해야 하는 것이었습니다. 그러다가 다음의 시에
서처럼 산림감독자에게 붙잡혀 가는 일이 벌어졌습니다.

뜨거운 추억

1·4 후퇴 때
충청도 청양으로 피난 갔었다.
땔나무를 하다가
감시원에게 들켜 끌려갔었다.

그들 사무실에선
드럼통 난로가 시뻘겋게 달아 있었다.
빼앗은 나무들을 그들은 난로에 처넣었다.
불길은 더 뜨거웠다.
그 열기에
부끄러움, 두려움도 재가 되어버렸다.

어린 나이였었지만
아무 소리도 못하고 나온 게
아직도 가슴에 불덩이로 남아 있다.

그때 어린 생각에 떠올랐던 것은, 나의 땔나무는 그들의 난로가 아니라 피난 방의 아궁이에서 타올라야 한다는 것이었습니다. 지금도 잊혀지지 않는 걸 보면 당시의 반감이 절실했었나 봅니다. 그런 일들로 해서 나의 현실 비판적인 시풍이 자리를 잡은 게 아닌가 합니다.

여기서 잠깐 나의 시에 대해 한 가지 짚어볼 점이 생각났습니다. 시인들은 누구나 다 자신들의 방법론, 자신들의 시관詩觀에 따라 작품을 쓰는데, 나 자신의 시의 내용이나 모양새를 보건대 '이야기 시(Story Poetry)'의 성격이 짙다는 것입니다.

즉, 실제 생활 속에서 겪는 일들을 시상의 축으로 삶고, 거기에 인생론적인 의미를 담아보고자 하는 것입니다. 지금까지 다루어 온 시들이나 앞으로 다룰 시들도 대개는 그러한 '이야기 시'일 것입니다.

나의 사모곡思母曲들
— 시집『어머니, 오 나의 어머니』에 대하여 ①

이제부터 몇 차례에 걸쳐 내 가족에 관한 시화詩話를 해 볼까 합
니다. 물론 '어머니'에 대한 이야기부터 해야겠지요.

나는 맨 앞쪽의 「제3시집『양지동 946번지』에 대하여」에서 '어머니' 연작시를 쓰게 된 배경에 대해 간략히 소개한 바 있습니다.

나의 어머니는 40대 초에 시작된 천식으로 평생을 고생하시다가 72세에 세상을 떠나셨습니다. 나는 고등학생 때부터 어머니께서 힘들어하시는 모습을 보고, 그 안쓰럽고 서러운 마음을 시로 써두기 시작했습니다.

세월이 흐를수록 어머니의 신병은 더욱 악화되었고, 그럴수록 나의 '어머니' 연작시는 쌓여 갔습니다. 근 30년이 지나자 백여 편의 습작들이 모여, 나는 어머니의 나이에 맞춰 72편을 골라 한 권의 시집으로 묶었습니다. 그것이 『어머니, 오 나의 어머니』(1986. 해냄 출판사)입니다. 어머니가 돌아가셨을 때, 나는 이 시집 한 권을 함께 묻어드렸습니다.

시집, 입관入棺
— 어머니 · 74

고등학교 때부터 써 온
나의 사모곡思母曲.
'어머니 영전靈前에'라는 헌사로 드리려고
그토록 출간을 미뤄오다
불효 한구석이나 메꿀까
시집으로 묶었다.
당신께서 내게 주신 사랑의
편린만도 못한 시집이지만
어머니 곁에 정성스레 놓고

"어머니,
제 대신 보살펴드릴 거예요…"

관棺에 흙을 덮으며
나도 묻었다.

위의 시는 『어머니, 오 나의 어머니』 증보판(1991. 영언문화사)에
새로 실린 시입니다. 내성적인 성격 탓에 말로는 어머니에 대한 사
랑은 표현하지 못하고, 시로 써내는 것만이 모성애에의 유일한 보
답으로 여겼던 것이 이제 와 생각하니 아주 잘못된 생각이었습니
다.

마지막 잎새
— 어머니 · 36

셋째 아들
천규天圭를 장가 보내시던 날
어머니는 또
지병持病에 숨이 막히셨다.

급히 옮겨드린 중환자실에서
둘째 아들 영규英圭와
큰 아들인 나의 손을 잡으시고
어머니는
잠들면서 죽을 수 있는 주사를 찾으셨다.

안락사安樂死란 세 글자가
어머니란 세 마디와 동의어였다.

산소 호흡기에 매달린

138

그날의 어머니는
오 · 헨리의 마지막 잎새였다.

어머니의 지병이란 앞에서 말한 천식이었습니다. 기침을 입에 달고 사셨고, 조금만 몸에 부치면 숨이 차서 애쓰셨습니다. 나의 어머니에 대한 사랑의 원천은 그 숨이 차서 고생하시는 것에 대한 연민이었습니다.

상형문자
　　　— 어머니 · 27

뒷곁에서 들려오는
어머니의
장작 패시는
도끼 소리 한 번마다
잦은 기침 서너 점.

내 귀를 뚫고
마음 쪼개며
뼈를 깎는다.

깎인 뼛조각마다
깊이깊이 새겨진

어,
머,
니.

그
세 마디의
상형문자象形文字

기침소리 · 2
　　― 어머니 · 38

건넌방의
어머님 기침소리는
이제
나의 잠을 위한
자장가가 되었다.

기침소리가
들리지 않는 날은
잠이 오지 않는다.

기침소리는
우리 어머니의
유일한 생존 확인서.

　　정진규 시인은 나의 사모곡들을 읽고 "나는 울고 또 울었다."고
시집 해설에서 쓰고 있지만, 그 눈물 또한 모성애에 대한 연민의 정
때문이리라. 30년이 넘는 어머니의 투병생활 속에서 나에게는 다
음의 시 같은 이미지가 심화되었던 것입니다.

140

내게 있어 · 2
　　— 어머니 · 52

내게 있어
어머니란 말은
슬픔이다.

내게 있어
어머니란 말은
병이다.

내게 있어
어머니란 말은
詩다.

내게 있어,
나에게 있어
어머니란 말은
죽음,
바로 그 말이다.

　그랬습니다. '어머니'라고 하면 슬픔과 병과 시가 떠올랐지만, 결국은 '죽음'의 심상으로 귀결됐습니다.

임종, 그 마지막 사모곡
　　— 어머니 · 80

나에게는
두 가지 걱정이 있었다.

언제 돌아가실지 모를
어머니 곁에서 임종을 할 수 있을까?
돌아가실 때
고생이나 하지 않으실까?

1987년 9월 4일,
새벽 4시 40분
그 걱정 두 가지가
모두 끝났다.

어머니는
조용히, 정말 조용히
두 눈을 감으셨다.

어머님도
세상도
한 장의 백지였다.

어머니의 기침소리
다시 들을 수 없겠지만,
나의 사모곡도
이젠 노래를 멈추겠지.

"어머니,
그 머나 먼 길
편히 살펴 가세요."

이 시는 『어머니, 오 나의 어머니』 증보판의 마지막에 실려 있습니다. 어머니 사후에도 몇 편인가의 사모곡은 썼지만, 공식적으로 '어머니' 연작시는 이것으로 끝난 것입니다.

나의 사모곡思母曲들
— 시집 『어머니, 오 나의 어머니』에 대하여 ②

거짓말

　— 어머니 · 14

어머니가
거짓말쟁이라는 걸
자식 서넛 길러보니
나도 알 것 같다.

– 에미는 새 옷 입기가 제일 싫어.
– 에미는 고기가 입에 안 맞어.
– 에미는 추위를 탈 줄 몰라.

그렇다.

'어머니 손은 약손'
그런 거짓말.
어머니의 일생은
거짓말의 한평생.

한국의 어머니가 모두 그러하듯 나 역시 어머니 생전에 거짓말을
참으로 많이 들었습니다. 힘들지 않다, 아프지 않다, 배고프지 않
다, 슬프지 않다, 외롭지 않다….
그런 거짓말 가운데 어머니가 들려주신 한 가지 옛날이야기만큼
은 지금도 기억에 생생히 남아 있습니다.

슬픈 예수
　　－어머니 · 24

나는
1941년 4월 20일생.

태어나자마자
폐렴에 걸려
살아날 것 같지가 않아
호적에도 올리지 못했단다.

첫 아들 얻으셨다고
기뻐 우시던 어머니는
첫 아들 잃는다고
더 슬피 우셨단다.

할딱할딱 숨은 쉬고
꼬무락꼬무락 사지는 움직여
젖을 물리며 그럭저럭 돌이 다 되어서
어느 날 밤
크게 다시 울면서
나는 살아났단다.

그래서 나는 1년이 지난
1942년 4월 20일생이 되었지.
이 나의 부활신화는
우리 어머니께서 제일 좋아하시는
나의 옛날이야기.

나는
어머니의
슬픈 예수.

'예수'에 대한 비유가 말도 안 되게 지나쳤지만, 이 이야기를 들려
주실 때의 어머니는 가장 행복하신 모습이었습니다.
'어머니' 연작시에는 나름대로의 사연과 동기가 있지만, 그중에서
다음의 예시는 대표적인 경우이겠습니다.

대화

어머니, 오늘 늦었어요.
ㅡ그으래.

어머니, 진지 잡수셨어요?
－오오냐아.

어머니, 저 오늘 술 많이 마셨어요.
－저어런.

어머니, 많이 편찮으시죠?
－아니다, 아냐아.

어머니, 오래오래 사셔요!
－원, 자아식도, 울기는….

이 시에는 다음과 같은 모티브가 있습니다. 내가 대학생 때의 어느 날, 늦은 시간에 술에 좀 취해서 귀가해 보니 어머니가 부엌에서 혼자 흐느껴 울고 계셨습니다. 그 모습이 너무 애처로워 나도 어머니를 껴안고 울었습니다. 그런데 얼마쯤 울다 보니 '시상'이 하나 떠올랐습니다. 그래서 "어머니, 잠깐만 계세요." 하고서는 내 방으로 들어가 그 시상을 대충 메모해 놓았습니다. 그 메모를 매만져 정리한 것이 위의 '대화'라는 시입니다. 지금도 어머니와 함께 울던 기억이 아련히 떠오릅니다. 서글프지만 그립기도 한 시화(詩話)입니다.

평생을 신병에 시달리면서도 어머니는 자식들을 위해서는 지극정성으로 희생의 삶을 사셨습니다. 그러한 어머니의 삶을 어떻게 하면 똑 떨어지게 표현해 낼 수 있을까 궁리를 한 끝에 다음과 같이 그럴듯한 시상을 얻게 되었습니다.

소멸消滅
　　－어머니 · 59

어머니!
어머니.
어머니
어머ㄴ
어머
어ㅁ
어
ㅇ

끝내는 'ㅇ', 곧 무無가 되는 어머니의 삶. 그 사랑, 그 자비, 그 희생, 그 나를 던짐의 삶은 모성애를 차별화시키는 한恨의 승화입니다. 나는 평소 어머니의 사랑을 받지 못한 사람은 다른 사람을 사랑하지 못할 것이라고 생각합니다.

고희를 넘기며 살아오는 동안, 어머니께서 가끔씩 일러 주시던 말씀이 생각나곤 합니다.

어머니의 말씀

"너도 나이를 먹어 보아라
그러면 다 알게 될 거다."

어머님께서 생전에 하신 말씀이다.
그래, 이젠 세상을 웬만큼 알 것 같다.

어디선가 다시 들리는

어머니의 목소리.

"너도 이곳에 와 봐라
그러면 다 알게 될 거다."

위의 시는 『어머니, 오 나의 어머니』를 간행한 이후에 쓴 작품입니다. 모든 어머니의 자식사랑은 돌아가신 후에도 지속되는 것입니다. 새삼 깨닫게 되는 사후의 모성애야말로 가장 소중한 사랑의 원형이 아닐까요.

'아버지'를 노래하다

일반적으로 사부곡思父曲은 사모곡思母曲에 비해 질량 모두가 못 미칩니다. 나 역시 마찬가지입니다. 사모곡은 한 권의 시집으로 간행했지만, 아버지에 관한 시는 열 편 남짓합니다. 먼저 다음의 시부터 보시겠습니다.

열 쇠

아버지의 열쇠는 녹이 슬어 내 房門을 열지 못하신다. 나는 자물쇠를 버렸고, 아버지는 열쇠를 버리셨다. 아버지는 내가 外出 중이어도 門만 닫혀 있으면 房 안에 내가 있는 줄로 아신다. 門을 닫고 房 안에 앉아 있는 나는, 아버지께서 언제나 房門을 열지 못해 밖에서 서성거리시는 것 같다.

열려 있는 문을 보지 못하시는 아버지와, 밖에 안 계신 아버지를 보는 나는, 똑같이 집을 새로 지어야겠다고 생각한다. 思惟의 뒷결에 設計된 새 집의 내 房에서, 나는 아버지의 내 房 열쇠를 생각하면서, 아버지의 房에 맞는 열쇠를 가져 보려고 애쓴다. 내가 아버지의 房으로 들어가 보았을 때 아버지는 거기 없었고, 내가 되돌아 나오고 있을 때 아버지는 내 房에서 나오셨다. 우리는 넓은 앞마당의 한가운데 쯤에서 만났다. 참 오랜만의 기막힌 해후邂逅다.

　진리는 언제나 길을 피해 가다가
　진리는 반드시 가끔씩만 드러난다.

　이 시는 『양지동 946번지』(1967)에 실린 나의 첫 번째 아버지에 관한 작품입니다. 한마디로 부자간의 가치관의 차이를 노래한 것이지요. 사모곡이 사랑으로 시작된 데 반해 나의 사부곡이 세대 차이부터 관점으로 삼았음은 특기할 만한 점입니다. 다음의 시도 그러합니다.

　아버지와 아들

　아버지는 나에게 의과대학에 가라고 하셨다.
　의사가 되어 병든 사람을 고쳐 주라고 하셨다.
　그러나 나는 시인이 되고 싶었다.

　의대가 아니면 법대에 가라.
　그러니까 나의 아버지는
　나쁜 사람을 다스리라는 것이었다.
　그래도 나는 시인이 더 좋았다.
　죄 대신 말을 잘 다스려야 했다.

지금 나는 시인이 되어
육법전서에는 없는 말들만 골라
마음의 약을 짓는다.
아버님께는 죄를 지은 것이지만
시인은 영혼의 의사,
詩法을 터득하면 보은이 되겠지.

내 가슴속의 병은 더욱 키우면서
어찌 다른 사람의 아픔을 거둬주겠나.
아니지, 마음의 병은 깊을수록
거기서 말의 명약이 우러나오는 법.

나도 피카소처럼
"아버지, 이제 저는 김대규가 되었어요."
그런 말 할 때가 있을런지.

90세를 넘겨 사시는 동안, 내가 '시인'임을 아버지에게 말한 일이 딱 한번 있었습니다.

1974년의 연말에 「문학사상」에서 그해의 '10대 시인'을 선정했는데, 어쩌다 내가 거기에 끼이게 되었습니다. 그날도 술에 좀 취해서 귀가했는데, 아버님께서 꾸중을 심하게 하셨습니다. 그래서 나는 술의 힘을 빌어 이렇게 항거했던 것입니다.

"아버님. 너무 꾸짖지 마세요. 저도 우리나라에서 10대 시인에 뽑혔어요. 돈 버는 일에 비한다면 10대 재벌이 된 것이란 말씀이에요.!"

이 말에 아버지는 아무런 대꾸를 하지 않으셨습니다. 한창나이 때

152

는 아버지를 많이 원망했었지만, 연세를 더해 가실수록 안돼 보이
실 때가 많아졌습니다. 어머니께서 먼저 세상을 떠나셔서 홀로 되
신 모습이 안쓰러웠습니다.

외로움의 세금

아버님은 늘
TV를 틀어 놓고 주무신다.
그래서 전기세가 많이 나온다.
답답하신 아버지,
전기세는 내가 내는데.

한 번 전화를 하시면
언제나 장편소설이시다.
전화세도 내가 내는데.

그러다 어젯밤
詩가 잘 되질 않아 뜰에 나서려니
아버님 방에서 두런두런 TV소리.

아, 아버님은
사람의 소리가 그리우셨던 거다.

외로움!
외로움은 소리를 만든다.
그 소리를 말로 바꿔
우리는 詩라고 부르는 것이다.

곁 사람의 목소리가 그리워서 TV를 켜놓으신 채 잠이 드시는 걸 깨우칠 때까지 많은 세월이 흘렀던 것입니다. 더구나 몸이 아프실 때는 더 괴로워하셨습니다.

신생아

아흔두 해 맞으신
나의 아버지
밤마다 슬피 흐느끼신다.

마지막 넘을 눈물고개
못내 서러워 우신다.

집채 같던 육신
새우처럼 웅크리시고,
치아도 다 사라져
강보 속의 아기같이
이불 덮고 우신다.
우리 집에 때아닌
신생아 하나
밤마다 울음 운다.

아버님은 92년을 사셨습니다. 건강관리를 철저히 하셔서 평생 큰 병은 앓지 않으셨습니다. 그러나 자식 된 도리로는 부모의 나이와 관계없이 세상을 떠나신다는 것은 서글픈 일입니다.

아버지

아버지를
땅에 묻기 전까지
그 얼마나 거듭
원망하며 죽였던가.

땅에 묻힌 아버지는
그냥 거기 있지만,
가슴에 묻은 아버지는
거듭거듭 되살아난다.

잘못했습니다, 잘못했습니다.

원망 몇 곱절로
용서 비는 이 자식.

그랬습니다. 아버님 생전에는 마음에 들지 않는 일마다 원망을
했지만, 막상 세상을 떠나시니 내가 한 일은 모두 잘못이었습니다.
자식만 부모의 가슴에 묻히는 것이 아니라, 자식도 부모를 가슴에
묻는 경우도 있는 것 같습니다.

시집『하느님의 출석부』에 대하여

『하느님의 출석부』(1991, 도서출판 한겨레)는 나의 열 번째 시집입니다. 시집 제목에 약간의 암시성이 엿보이듯 이 시집에는 생명이 위태로운 병에 걸린 딸자식이 입원을 하여 한 달 가까이 치료를 받는 동안에 기도의 형식으로 쓴 62편의 시가 실려 있습니다. 우선

첫 번째 시부터 보시겠습니다.

어찌하시겠습니까?
　　　　－ 하느님의 출석부 · 1

1986년 9월 26일
아이 하나가
당신 앞에 불려가고 있습니다.

이름은 김진미金鎭美,
올해로 열 살
안양서국민학교 3학년 4반.
우리 집 막내 귀염둥이가
희귀한 병에 걸려
지금 수원 성 · 빈센트 병원
제6동 337호 중환자실에 누워 있습니다.

의사는 위독하다 합니다.
아직은 항체抗體도 발견되지 않은
〈삼투성 다혈성 홍반〉이라는 임상병명이
외국어보다 어렵게 들리지만
잊어서는 안 될 시험문제의 정답인 양
제 마음속에 박혀 있습니다.

아이 하나가, 지금
당신 앞으로 불려가고 있습니다.
어찌하시겠습니까?

그랬습니다. "담당 의사로부터, 어쩌면 자식을 포기해야 할지도
모르겠다는 말을 들었을 때, 순간적으로 나에게는 의사보다도 더
탁월한 치유력을 지닌 존재가 필요했고, 그분에게 무조건 살려달
라고 애원하는 길밖에 더할 일이 없다는 절박감에 사로잡혀"(시집
'후기'에서), 그 심경을 시로 쓰기 시작했습니다. 시들은 자연히 기
도형식이 되었습니다.

아이 하나가 당신께 가면
　　－ 하느님의 출석부 · 2

아이 하나가
당신과 나,
그 사이쯤에 있습니다.

생명 하나가
그곳과 이곳,
그 어디쯤에서 헤매고 있습니다.

내 아직
당신의 깊은 뜻
헤아릴 수 없으나,
내 어린 자식을
당신께 맡기기는 너무 이릅니다.

당신과 나,
이곳과 그곳,

그 어디쯤을 가고 있는
내 어린 자식이
당신 앞에 이르게 되면
"얘야,
너는 좀 더
놀다 오너라."

그렇게 타일러
보내 주시기 바랍니다.

한 가지 마음에 걸리는 것은 나 자신이 크리스천이 아니기 때문
에 하느님이라는 호칭을 '당신', '그분', 또는 '어느 분'이라는 말로
대신했다는 것입니다. 또한, 평소에는 아무렇게나 살면서, 제 딸이
위독하다니까 어느 분에겐가 기도를 드린다는 것도 마음에 걸렸지
만, 당시 상황으로서는 그런 생각을 할 여지도 없이 하소연의 말들
이 자연스럽게 솟구쳐 올랐던 것입니다. 기도란 형식이 없는가 봅
니다.

하느님의 출석부 · 3

당신의
출석부에 있는
우리 아이의 이름은
지워 주십시오.

시집 제목을 『하느님의 출석부』라고 정하게 한 시입니다. 하느님

이 당신의 출석부에 등재한 내 딸의 이름을 지워주신다면 생명을 되돌려 받게 될 것입니다. 때문에 모든 기도가 절실할 수밖에 없었습니다.

기도한다는 것은
　– 하느님의 출석부 · 8

기도한다는 것은 원한다는 것이옵니다.

가장 어려운 때에
가장 큰 도움 청하는 것이옵니다.

순수, 그 일념一念으로
소망, 그 일원一願으로
간절, 그 집념執念으로

사람의 손이 닿지 않는,
사람의 눈에 보이지 않는,
사람의 힘으로 어쩔 수 없는

그곳에서 희망의 말씀을,
그곳에서 구원의 빛을,
그곳에서 생명의 손길을 얻어내는 것이옵니다.

기도한다는 것은
당신께 모든 걸 맡긴다는 뜻이옵니다.

딸자식의 생명을 간구하는 나의 시작(詩作)은 그 자체로서 나에게 크나큰 위안이 되었습니다. 또한, 기도 형식의 시를 쓰면서 나는 독특한 종교체험의 영적 분위기에 휩싸이곤 했습니다. 그것은 매일 찾아와 기도를 해주시는 한 외국 수녀님으로 해서 더욱 심화되기도 했습니다.

이국 수녀異國 修女
    - 하느님의 출석부 · 7

이름 모르는
이국 수녀 한 분
하루도 거르지 않고
기도해 주러 오신다.

나는
이름을 묻지 않았다.

어느 분의 이름이
그분의 것이 아니듯,
수녀님의 이름도
당신의 것이 아닐 것이므로.

지금 나에겐
우리 아이를 위해 오는 사람의 이름은
모두 '하느님'이다.

의료진의 각별한 치유노력으로 우리 아이의 병은 시간이 흐르면서 점점 호전되기 시작했습니다. 하늘로 치솟을 듯한 기분을 느꼈습니다. 그리고는 마음속으로 여러 차례 '감사합니다'라는 말을 되뇌었습니다. 꼭 어느 분이신가가 나의 간곡한 기도를 들어주신 것 같았습니다.

퇴원 길
    — 하느님의 출석부 · 60

대낮에도
앞 캄캄히
말없이 오던 길을

어스름에도
훤한 세상
마음 트여 돌아간다.

네 몸 아픔
우리 마음의 쓰라림,
소중한 가보家寶처럼 간직하고

낙엽 휘날리는
가을 아스팔트길을
새 생명 하나
힘차게 달려간다.

그래, 그래

잘 가거라.

아무도 없지만
마음으로 들어보는
그분의 전별사餞別辭.

24일간의 입원생활을 마치고 귀가하는 날의 우리 가족은 마치 개선장군 같았습니다. 그때의 심경으로는 곧 종교에 입문할 듯싶었는데, 아직도 속세에서 방황하고 있는 나 자신을 생각할 때마다 큰 죄를 지은 것 같은 마음입니다.
"죄송합니다. 용서해 주십시오."

시집 『누가 지상에 집이 있다 하랴』의 여행시

『누가 지상에 집이 있다 하랴』(도서출판 술래, 1994)는 나의 열두 번째 시집인데, 여기에는 해외여행 중에 쓴 99편의 시가 실려 있습니다.

지난날의 나의 시들을 되돌아보자니, '흙의 사상', '어머니', '하느님의 출석부', 그리고 이번에 소개하는 해외여행 시들과 같이 연작시 형태가 적지 않음을 알게 됩니다.

'여행'이라는 말은 듣기만 해도 가슴을 설레게 합니다. 그것이 '해외여행'일 때는 더 그러하지요.

나의 첫 해외여행은 1978년 12월 7일에 이뤄졌는데, 그 전날 밤의 감회를 나는 다음과 같은 시로 남겼습니다.

출국 전야제

내일은
첫 해외여행 떠나는 날,
밤이 깊을수록 잠은 멀다.

"국민학교 소풍은 군것질로 완성되고,
수학여행은 사진의 추억으로 남으며
신혼여행은 아기를 만들어 준다."고 썼었는데
해외여행은
떠나기 전에 더 멀리 떠나는구나.
그래, 떠나는 거지.

인생은 곧 여행 아닌가.
그러나 거기엔 귀로가 없다.
언젠가는 다다를 깊은 잠의 집
그 집에 이르기까지 열심히 갈 뿐.

호기심만으로는 멀리 못 간다.

걱정으로는 더 멀리 못 간다.
마음 안에서 더 넓혀지는 저 바깥세상에 첫발을 내디딜 때
나는 갑자기 나의 흙으로 되돌아오고 싶어지지 않을까.

이별의 예약 같은 출국 전야제는
'목숨은 하나, 인생은 홀로'라는
내 삶의 좌우명에 따라
영원한 밤을 위한 예행연습이 된다.

('78. 12. 6)

첫 번째의 해외여행을 앞두고, 소풍 전날의 초등학생처럼 기분이 들떠 있었나 봅니다. 그러나 "인생은 귀로가 없는 여행"이요, "목숨은 하나, 인생은 홀로"라는 외로움의 의식은 지금까지 불변입니다.

첫 해외여행은 애국자를 만든다

싱가폴 중심가
한도韓都회관에서
현인의 '신라의 달밤'을 들으며
비빔밥을 먹는다.

아내보다 김치가 더 그립다고
누군가 말했다.

그렇다.
우리가 먹고 싶은 것은

166

한식이 아니라 한국이었다.

('78. 12. 16. 싱가폴)

고백하건대, 나는 첫 해외여행을 하면서 '조국' 또는 '대한민국'이라는 민족의식 같은 것을 항상 가슴에 품고 있었습니다. 나만 그런 게 아니라, 대부분의 동행자도 그러했습니다.

가족과 가정도 떨어져 있으면 그립듯, 나라도 이역만리로 떨어져 있으니 웬만큼 그리운 게 아니었습니다. 그러나 그게 전부는 아니었습니다.

어머님의 기침소리

어머니.

이렇게 먼 곳에
와 있습니다.

멀어서
할 말이 많은
당신의 자식.

여기까지
나라 걱정도 들려오고,
경제 불황도 떠들썩하지만
나의 귀를 울리는 건
단 하나
어머니의 기침소리,

오직 그 소리뿐.

('78. 12. 17. 싱가폴)

정서적으로는 상승된 기분의 애국자일지라도 어머니의 건강은 어
딜 가거나 걱정이었습니다. 어머니 사랑에 대한 시화는 이미 한 바
있습니다.

여행자의 노래

나 오늘
여기 있으나,
나 내일
여기엔 없으리라.

그 누가
地上에 집이 있다 하랴.

떠남이 삶인 나그네에게
어느 별인들 제 집일손가.

땅 위엔 물
하늘엔 구름
함께 흐르는 목숨 하나
잠시 쉬었다 갈 뿐.

내 떠난 빈자리에

또 누군가 찾아와
"나 여기 머물다 가노라."
그렇게 노래하리라.

('78. 12. 19. 싱가폴)

인간은 누구나 이 세상에 한 번 왔다 가는 과객過客이지요. 그래서 인생을 여행에 견주는 것입니다.

"비행기를 탈 때마다, 허허망망한 하늘 위에서 아래 세상의 인간 만사를 생각 노라면, 일상생활의 번뇌나 까다로운 생존 다툼이며, 물욕에 얽매여 피눈 밝혀 뜨는 우리네 삶이 그토록 가엾어 보이고, 급기야는 생명 그것까지도 별스런 것이 아니구나 하는 편안한 허무감을 느끼게 됩니다."(『누가 지상에 집이 있다 하랴』의 「시인의 말」에서)

세상 떠남을 생각하면, 내 것인 것은 하나도 없습니다. 해외여행은 그러한 마음의 홀가분함을 자꾸자꾸 깨닫게 해 줍니다.

죽음의 지리부도

서울거리엔 어둔 내가
세계의 서울,
뉴욕의 밤 골목을 더듬는다.

아는 사람 하나 없어
외로움도 자유가 된다.

하루 여정을 마치면

피곤의 잠자리가 마련되듯
이 인생길 어디쯤에선가
旅宿(여숙)같이 기다릴 침묵의 집.

아무도 가르쳐 줄 수 없는
그 죽음의 地理를 더듬더듬
나, 여기까지 왔구나.

낯선 뉴욕 밤 골목에서
서러움 많은 늙은 흑인처럼
익명의 깊은 어둠을 마신다.
비어 있는 옆자리의
외로움에게도 한 잔.

('85. 10. 15. 뉴욕)

　여행시에 대해 이야기를 하다 보니, 나 자신이 '죽음'에 관계되는
소재를 선호했음을 알게 됩니다. 출생시부터 건강하지 못했던 것
이, 나이를 먹어가면서 내면화되어 있다가 유관한 화두에서는 자연
스럽게 표출되는가 봅니다. 다음 예시도 예외가 아닙니다.

알프스 · 1

산이
사람에게 올 수 없어
사람이
산을 찾아간다는 말

여기 와서 실감한다.

산은
사람에게 갈 수 없어
기다리던 사람이 찾아오면
품속에 품고
놓아주지 않는다는 것도
여기 와서 깨닫는다.

우리 일행은
모두 무사히 下山했다.

산이 기다리던 사람이
한 사람도 없었기 때문이라는
방정맞은 생각이 들었다.

나도 알프스에 가 보았다고
자랑하려는 사람들을
빨리 내려 보내느라고
알프스는 날마다 애를 먹고 있다.

('90. 3. 11. 스위스)

　나는 산에서 죽은 사람은 산이 가장 사랑해서 덥석 껴안고 놓아
주지 않는 것이라는 생각을 떨쳐 버리지 못하고 있습니다. 사람 편
에서 생각하자면, 산을 생명을 바칠 마음으로 사랑하지 않는다면
야 천신만고의 등반을 어찌할 수 있겠습니까.

가을이 남겨 준 것

지난해 가을 어느 날 낮에, 평소 호형호제하는 수원의 임병호 시인이 전화를 했습니다. 문우들하고 낮술을 한잔하며 이야기를 나누다 보니 내 생각이 나서 보고 싶어 전화한다는 것이었습니다. 전화를 받으며 시상이 떠올라 그걸 다음과 같은 짧은 시로 만들었습니다. (앞의 「'시인'들에 대한 시들」에서 소개했음)

시인의 전화

형님, 저 임병호예요
낮술 좀 했어요
보고 싶어서 전화했어요
가을이잖아요, 형님!

내가 앞에서 '시상'이 떠올랐다는 것은 "가을이잖아요"라는 구절이었습니다. 그 구절이 끝줄에 첨가됨으로써 취중의 시인 말들이 모두 시다워진 게 아닐까요.

나는 '가을'이라고 하면 두 시인이 생각납니다. 횔덜린과 릴케입니다. 그 까닭은 두 시인이 남긴 가을에 관한 시 구절 때문입니다.

완숙의 노래를 다 부를 수 있도록 가을을 한 번 더 주옵소서. (횔덜린)

과일들이 익도록 남국의 따뜻한 햇볕을 이틀만 더 비춰 주소서. (릴케)

'한 번 더', '이틀만'이라는 말이 가을의 간절함을 강조해 줍니다. 여러분들도 여러분의 삶 가운데서 가장 소중한 때가 조금이라도 더 지속하기를 바라지 않습니까. 가을이란 그렇듯 인생 과정에서 영혼의 완숙기를 뜻합니다. 더구나 가을은 그 완숙의 결실을 거두고 나서 떠나야 하기 때문에 더 미련을 남기게 됩니다.

가을, 낙엽

누군가, 처음
'가을'이라고 말한 사람은.
누군가, 처음
낙엽을 밟자고 한 사람은.

이젠 누구도
'가을!'이라고 말하지 않는다.
아무도 이젠

낙엽을 가리키지 않는다.
모두들 가슴속에
나무를 키우지 않고 있기 때문이다.

낙엽 따라 가버린 사랑은
끝내 돌아오지 않고,
낙엽 밟는 소리가 좋으냐고
묻는 시인도 없다.

누구일까?
처음 손을 흔든 사람은.
누구일까?
처음 뒤돌아본 사람은.

센티멘탈리즘의 상징이었던 '낙엽'도 이제는 그 의미를 잃었습니다. 그것은 곧 가을에 대한 인생론적인 고뇌가 사라졌음을 말하는 것입니다. 모두가 컴퓨터 앞으로 몰려갔기 때문입니다. 그래도 가을은 어김없이 오고, 누군가의 가슴속에서는 낙엽이 바람에 어디론가 휘날려 가고 있을 것입니다.

가을의 노래

어디론가 떠나고 싶어지면 가을이다.
떠나지는 않아도
황혼마다 돌아오면 가을이다.

사람이 보고 싶어지면 가을이다.

편지를 부치러 나갔다가
집에 돌아와 보니
주머니에 그대로 있으면 가을이다.

가을에는
마음이 거울처럼 맑아지고
그 맑은 마음결에
오직 한 사람의 이름을 떠나보낸다.

'주여!'라고 하지 않아도
가을엔 생각이 깊어진다.
한 마리의 벌레 울음소리에
세상의 모든 귀가 열리고,
잊혀진 일들은
한 잎 낙엽에 더 깊이 잊혀진다.

누구나 지혜의 걸인이 되어
경험의 문을 두드리면
외로움이 얼굴을 내밀고
삶은 그렇게 아픈 거라 말한다.

그래서 가을이다.

산 자의 눈에
이윽고 들어서는 죽음
사자死者들의 말은 모두 시가 되고
멀리 있는 것들도
시간 속에 다시 제자리를 잡는다.

가을이다.
가을은
가을이라는 말 속에 있다.

이 「가을의 노래」는 많은 독자들이 애송해 주는 시입니다. 가을이
되면 여기저기서 이 작품이 낭송되기도 합니다.

이 시에는 비하인드 스토리가 있습니다. 일종의 탄생비화이지요.
1980년대 말이던가요. 어느 해인지는 잊었지만, 그해 가을에 시
인이자 작사가인 故 박건호 시인에게서 전화가 왔습니다. 내용인
즉, 시낭송CD를 제작하려고 하는데, 좀 긴 시 한 편 써달라는 것이
었습니다. 그러면서 계절 감각이 배어 있는 시, 예컨대 '가을'에 대
한 시를 쓰면 더욱 좋겠다는 얘기였습니다.
나는 '가을'이라는 말을 듣자마자 "어디론가 떠나고 싶어지면 가
을"이고, 또 "누군가가 보고 싶어지면 가을"이라는 상념이 떠올랐
습니다. 그래서 전화를 끊고, 생각나는 단어나 글귀들을 두서없이
메모했습니다.
"편지 부치기, 그리운 이름, 벌레 울음소리, 낙엽 한 잎, 경험의
문, 외로운 삶, 그래서 가을이다, 사자의 말…" 등이 처음 떠올린
시의 자료였고, 그것들을 이리 굴리고 저리 뒤섞어, 빨리 써달라는
부탁대로 삼사일 만에 「가을의 노래」를 완성했습니다.
녹음실이 마침 안양에 있어서 박 시인과 함께 가서, 가장 감성적
인 목소리의 소유자라는 김미숙 성우가 녹음하는 현장도 견학했던
기억이 남아 있습니다.

사람들 참 무섭다, 山도 없앤다

나는 지금까지 태어난 집터에서 살아오고 있습니다. 그런데 유
년 시절에는 집 가까이 산이 있어서, 겨울만 빼놓고는 매일 그 산
에서 살다시피했습니다. 물론 동네 아이들하고 병정놀이를 하는
재미였지요.

상반신에 나뭇가지를 꽂고, 떡갈잎으로 모자를 만들어 쓰고, 나
무막대기 총을 들고, 은밀한 곳에 매복해 있거나, 골짜기를 기어
가다시피하여 상대편 아이를 먼저 발견하면 "xxx(이름) 빵!"하는
외침으로 그 아이는 죽는 것입니다.

산을 헤집고 다니다 보면 이름 모를 풀벌레 하며, 다람쥐는 흔하
게 보였고, 어쩌다 산토끼가 튀어나오면 병정놀이는 집어치우고
모두 산토끼를 잡는 일로 한바탕 소동을 벌였습니다.

그러다가 세월이 흘러 병정놀이는 더는 하지 않는 나이에 이르자
이상한 일들이 벌어지기 시작했습니다.

山이 날 부르지 않는다

산이
나를 부르지 않는다.

어릴 적
병정놀이 하던 앞동산
그때는
산이 날마다 나를 불러주었다.
내가 가면
풀나무들은 좋아서 몸을 흔들었고
다람쥐들은 말을 걸어 왔다.

구름에 손을 닿아 보려고 오르던 산.
무지개 잡으려고 헤매던 산.
엄마에게 꾸중 듣고 찾아가면
꼬옥 안고 달래 주던 산.
그 산이 요즘엔
나를 오라고 하질 않는다.

오랜만에 찾아가 보니
산은 앓고 있었다.
가슴은 펑 뚫려 철책이 박히고
잘려나간 아랫도리엔
人家들이 자릴 잡았다.
산은 자꾸 잘려나가고 있었다.

산이 나를 부르지 못하는 까닭을 알았다.

제3시집 『양지동 946번지』(1967)를 출간할 때는 그 산에 올라가 시집표지를 만들었었는데, 그 산이 점점 파헤쳐 잘려나가고, 거기에 아파트나 다세대주택들이 들어섰습니다. 그러니 산이 나를 불러 줄 리가 없었습니다. 사람들 참 무섭습니다. 산도 없애 버립니다.

나는 그 마음 아픔의 연장 선상에서 또 산시를 썼습니다.

山의 SOS

못 살겠어요.
더 이상 못 참겠어요.
분별없는 사람들의 발길
마구 헤집고 짓밟고는
오물덩이만 남기고 가요.

아파트들은 앞을 가리고
공장매연 때문에 가슴이 답답해요.
자꾸만 나를 타고 오르는 人家들
다리를 뻗고 잠들 수가 없어요.
날 좀 구해 주세요.

내 품 안에서 뛰놀던
다람쥐랑 산새들을 돌려줘요.
내 귀를 살랑이던

맑은 바람도 찾아 줘요.
병정놀이하던 소년들은 다 어디 갔나요.
일곱 색 무지개도,
달 따러 오던 아이들도,
오솔길 걷던 소녀들도
모두 모두 보고 싶어요.

이제 마지막이에요.
정말 살려 주세요.

    그것은 근대화, 산업화, 도시화 등의 개발 드라이브가 초래한 공해, 오염의 제물들이었습니다. 인간들은 자신들의 건강을 위해 산을 오르내리면서 산의 건강은 버려 놓은 것입니다.
    산은 몸이 아니라 마음으로 올라야 한다는 것이 나의 생각입니다. 마음속으로 사람됨, 참삶을 끊임없이 생각하면서 자연을 인생학교로 삼아야 합니다. 나에게는 10여 편의 산시가 있는데 대부분이 그런 점들을 강조한 것들입니다. 다음의 시도 그들 중의 하나입니다.

   하산법下山法

  산에 다녀오면
  몸이 구름처럼 가볍다.

  무거웠던 마음,
  짐이 됐던 생각들

모두 산에 두고 왔기 때문이다.

가지고 갔던 짐만 버리고
마음의 짐은
더 무거워 돌아와서도
산행을 잘했다는 그대들에게
이 세상을 산으로 보라 한들
그 뜻 새겨 들으랴만

산에 다녀오면
몸과 마음이 가벼워지듯
이 세상을 하산할 때도
그렇게 홀가분할 수 있도록
삶을 하나의 산으로 살 일이다.

'이 세상을 하산할 때'라는 구문은 이 세상에서 가장 중요한 주제에 관한 수사입니다. 그리고 산행을 하면서 그 '주제(죽음)'에 대해서 깊은 사유를 해야 한다는 것은 산에 대한 가장 심오한 예의가 아닐까요.

이제는 세월이 흐르고 흘러 그 옛날에 뛰놀던 산은 사라졌지만, 내 유년시절의 추억 속에서는 늘 푸른 산으로 나를 부르고 있습니다.

나의 '나무詩' 이야기

'나무詩'라고 하면 곧바로 조지 킬머의 「나무」라는 시가 생각납니다. 그 시의 다음과 같은 마지막 시구 때문이지요.

시는 나 같은 바보나 만들지만
나무를 만들 수 있는 건 오직 신 뿐.

이 시를 좋아하는 건 비록 나 뿐만은 아닐 터입니다. 자연계의 많은 물상 가운데서 나무처럼 인생과 인간사의 은유가 되는 것도 드물 것입니다.

나에게도 나무시가 곧 많은 편입니다. 한 열다섯 편쯤 될 것 같습니다. 그 가운데서 다음이 제일 먼저 쓴 나의 나무시입니다.

나무

사유思惟의 뒷뜰 안
거기에는
내 어려서 심은
안분安分의 나무가
이제는 제 키만 한 그늘을 짓고

굽어진 가지도
바로잡기에는
때가 지나
내 가장 편한 자세로
그 아래 곤히 누워 있으면

열매를 따러 오는
먼 데 사람들의 돌팔매질에
놀라 깨곤 한다.

이게 나의 첫 번째 나무시라고 하면 사람들은 쉽게 수긍이 가지
않나 봅니다. 왜냐고요? 시가 잘되고 못 되고는 차치하고서라도,
그 내용이 너무 '늙은이'처럼 보이기 때문입니다. 20대 중반에 쓴
것인데 말입니다.

무슨 특별한 동기는 없었지만, 젊은 나이에도 나만의 세계를 확
고히 하고자 하는 자아의식이 강했던 모양입니다. 故 전봉건 선생
님께서 좋은 시라고 과분하게 칭찬해 주시던 전화 목소리가 귓전
에 맴돕니다.

어느 날엔가 2층 서재에서 책을 읽고 있는데, 창문으로 정원의
나뭇잎이 언뜻 눈에 스쳤습니다. 평소에는 키가 작던 나무가 어느

덧 자랐던 것입니다. 시상이 하나 떠올라 곧바로 시를 만들었습니다.

나무의 말

정원에 심은 나무가 자라
2층 나의 서재에서도
잎 푸른 가지들이 보인다.

이젠 서재에 앉아서도
나무와 얘기를 나눌 수 있다.

나무가 내게 말했다.
나무의 말들은 가지 끝이 아니라
밑둥뿌리에 있다고,
나는 처음부터
너에게 말을 해 왔었다고,
서재에서 네가 보이지 않았을 때도
줄곧 이야기를 들려주었었다고.

요즘 시인들도
말의 뿌리는 잃고
말의 꽃만 딴다.

지금은 없어졌지만, 우리 집 앞마당에는 나보다 먼저부터 그곳에서 뿌리를 내리고 살아온 나무가 한 그루 있었습니다. 그러니 그 나무에 대해 어찌 시를 쓰지 않을 수 있겠습니까.

못 오르는 나무

나 지금까지
태어난 집터에서 살고 있네.
앞마당엔 나보다 먼저 살아온
나무 한 그루 있네.

어려서 매일 기어오르던 나무
나는 언제나 저 나무만큼 커질까
꿈이 먼저 쑥쑥 자랐네.

이젠 나이가 들어
오르지 못하는 나무,
그 밑에 앉아
옛 꿈을 되씹고 있네.

손자 녀석들이 내 등에 기어오를 때
아, 나도 이젠 나무가 됐구나
그래, 꿈이 이뤄졌구나.
뿌리는 나무만 있는 게 아니네.

못 오르는 나무 밑에서
나는 참 행복하네.

나무에서는 역시 '뿌리 의식'이 우선입니다. 그리고 자신도 나이
가 들어 한 그루의 '나무'가 되어보는 것이 그 뿌리 의식의 결실일
것입니다. 이런 상념으로 쓴 또 다른 나무시가 있습니다.

나무학교

대학 강단에 설 때마다
박사학위 유무를 묻는다.
나는 그런 건 없다고 대답한다.
그리고는 아무런 학위도 없이
시인이라는 이름 하나로
예일 대학교 교수가 된 비키 헤어른을 떠올린다.

박사님들이 가질 수 없는
소중한 것을 나는 가지고 있다.
태어난 집터에서 지금까지 산다는 것,
그 집에 나보다 먼저 뿌리를 내린
나무 한 그루가 있다는 것.

백과사전엔 없는 진실들을
나는 그 나무에게서 깨우쳐 왔다.
"지식의 나무는 생명의 나무가 아니다"*
나는 날마다
나무 밑에 앉아 강의를 듣는다.

나무학교엔 교재가 없다.
나의 시들은 모두 그 수강노트다.
대학 총장님들께 묻고 싶다.
당신의 학위 증서에도 뿌리가 있느냐고.

*바이런의 시구

186

나의 시들은 굳이 해설할 필요가 없는데, 이 시 역시 그러합니다. 이런 나무시까지 쓴 걸 보면, 박사학위에 대한 원망이 적지 않았나 봅니다. 그래도 비키 헤어른 같은 시인교수가 있어 대리만족이 된답니다.

다음은 마지막으로 가장 최근에 쓴 나의 나무시 입니다. 산문시 형태입니다.

나무 많은 집

우리 집 정원에는 나무가 참 많습니다.

그래서 사람들은 '나무 많은 집'이라 부릅니다. 아무래도 새들이 소문을 퍼뜨렸을 것입니다. 택배 아저씨도 '나무 많은 집'이라면 금방 찾아옵니다.

그리고 우리 집에는 눈에 뵈지 않는 나무가 딱 한그루 있습니다. 바로 내가 평생 가꿔 온 '시의 나무'입니다. 어쩌다 담장 너머에서 "이 집 주인은 시인이래."라는 말소리가 들리기도 합니다. 그들의 눈에도 '시의 나무'가 간혹 보이기도 하나봅니다.

그런데 말입니다. 태어난 이 집터에서 73년째 살고 있으니, 이젠 나도 뿌리를 내린 한 그루 나무가 된 게 아닐까요.

이래저래 우리 집은 '나무 많은 집'인 것입니다.

'나무'에 관한 시를 또 쓸 수도 있겠지만, 이 시로 나의 '나무시'는 일단 완결되지 않았나 싶습니다. 이 말을 취소할 아주 좋은 '나무시'가 쓰여졌으면 좋겠습니다. 불계에서 말하는 환생이 가능하다면, 다음 생에서 나는 '나무'로 태어났으면 합니다.

개 같은 세상의 사람 이야기

날마다 술을 마시고, 밤늦게 귀가하던 시절이 내게도 있었답니다. 이제 생각해 보니 그때가 내 인생에 있어서 황금기였습니다.

그날도 여느 때처럼 술에 취해 집으로 오는데, 내 집 인근의 3층 빌라에서 별안간 개가 짖어대기 시작했습니다. 술김이었지만 기분이 몹시 불쾌했습니다. 개가 사람을 위에서 내려다보고 짖어대다니!

나는 집에 들어와 그 불쾌감을 시상詩想으로 삼고, 시 한 편을 급히 써댔습니다. 몇 군데 손을 보고나서 발표한 것이 다음의 시입니다.

개 같은 세상

태어나서 이제껏 살고 있는

나의 집 골목에도
아파트며 빌라들이 다국적군처럼 들어섰다.
옛 얼굴들은 초가지붕과 함께 사라졌고
이웃이 모두 '행인'이다.

술 취해 늦은 나의 귀가를
3층 빌라의 개가 짖어댄다.
사람을 아래로 내려다보고 심히 꾸짖는다.

옛날에 나의 아버지나
우리의 하느님이 하실 일을
대신 맡아서 하고 있는 개
아, 이 개 같은 세상에 사는 나.

그리고 보니 그 개 때문에 어쨌거나 시 한 편은 얻은 것입니다.
그래서 나는 몇 편의 '犬詩'를 더 써보기로 하고, 우선 언필칭 '똥
개'에 대해 전해 들은 얘기가 있어 그걸 시로 써봤습니다.

똥 개

보신탕집에서 땀을 흘리며
컹컹거리는 사람들은
6·25 때
돈을 쳐들여 기른 잘난 개들은
다들 도망갔는데,
조선 순종 똥개는
잿더미가 된 집터에서

주인 돌아오기를 기다리다
굶어 죽었다는 얘기를 알고 있을까.

이 땅의 사람들아
너희들은 똥의 후예가 아닌가.

우리가 똥을 사수하듯
너희들은 돈에다 생명을 걸지만,
칼로도 빼앗기지 않았던
너희들 선조들의 그 정절을
왜 우리가 유산처럼 지키고 있어야 하는가.

개 같은 세상이라고는 하지만, 그게 어디 개 때문에 맞이하게 된
세상인가요. 개 처지에서 보면 흔히 타박하는 '개 같은 놈'이니 '개
만도 못한 사람'이니 하는 비속어들이 웬만큼 억울한 것이 아닐 터.
그런 개 입장에서 약간의 편 들기를 해본 것입니다.
따지고 보면 개 같은 세상은 못된 인간들 때문에 펼쳐진 세상이
지요. 그리고 그 주된 원인은 황금만능주의 때문입니다. 이를 풍자
한 우화 산문시 한 편을 소개해 보겠습니다.

해어견解語犬

어느 부잣집에 사람의 말을 알아듣는 개[解語犬] 한 마리가 있었습니다.
그 부자는 자신이 잘사는 것을 자랑하기 위해, 자주 사람들을 초청해
잔치를 벌이곤 했습니다. 그럴 때마다 마지막은 언제나 개 자랑이었습니
다.

그날도 잔치가 있었습니다.

주인은 값진 금은보화며 호화로운 가구를 자랑하고 나서, 말을 알아듣는 개 자랑을 하기 위해 개를 불렀습니다. 개는 주인이 말로 시키는 대로 행동을 했습니다. 사람들은 감탄했습니다.

개 자랑이 거의 끝날 무렵, 어떤 사람이 자기도 한 번 시켜보겠다고 나섰습니다.

"영리한 개야 이리 온.

이 집에서 가장 더러운 걸 가져와 보렴."

그러자 개는 냉큼 밖으로 뛰쳐나갔습니다. 얼마 후에 다시 돌아온 개의 입에는 집주인의 문패가 물려 있었습니다.

풍자하기에는 우화 형식이 전통적으로 우위를 차지하지요. 저 유명한 「이솝우화」는 동물들이 주인공이지만 궁극은 '사람' 얘기지요. 그래서 대부분 우화에는 끝부분에서 반전이 일어납니다. 위의 「해어견」에서 개가 주인의 문패를 물어오는 것처럼 말입니다.

우리 집에서도 오래전부터 개를 길러 왔습니다. 어느 날 '보신탕'을 먹다가 우리 집 개에게 문득 안 된 생각이 들어 다음과 같은 시를 썼습니다.

개에게 사죄함

평소 잊고 사는 일
먹다 남은 밥만 주는 일
때로는 발로 찬 일
목줄을 풀어주지 못한 일
욕설에 이름을 차용한 일

지켜주는 집 문패에 내 이름을 내 건 일

아파도 그냥 내버려둔 일

동족을 먹은 일

※정상참작 요망사항

그래도 똥은 내가 치워 주었음

더구나 죽으면 내가 묻어 줄 것임

　그렇다고 나는 동물보호주의자도 아닙니다. 개에게도 이렇게 사
죄할 것이 많으니 사람에게야 오죽하겠습니까.

내 詩 속의 동물들

앞에서 '개'에 관한 이야기를 하고 보니, 내 詩 속에 동물들이 얼마나 등장하는지가 궁금해졌습니다.

먼저 짚고 넘어가야 할 것이 대학 시절에 박목월 시인께 드렸던 「동물시초動物詩抄」라는 시이고, 그다음에는 언젠가 출간을 하리라 마음먹고 정리를 해둔 '단시집短詩集'과 '우화시집' 속의 동물들에 관한 시편들입니다. 몇 편 예를 들면 다음과 같은 것들입니다.

베짱이

그놈의 이솝 영감이
우리 가문에 먹칠을 했어.
새로운 우화작가를 물색해 봐!

매미

평생 울고만 살았다고
너무 나무라지 마십시오.

허물만은 벗고 떠나고자 합니다.

기린

아무리 숙달된 망나니라도
내 목을 치려면 쉽진 않을 걸요.

돼지

"꿀, 꿀, 꿀, 꿀!"

그렇게 로얄제리만 찾아대니
부르주아로 몰릴 수밖에.

까마귀와 까치

까마귀 : 너는 변절자야,
　　　　흰 물이 들었어!

까 치 : 아냐, 흑백논리시대 이젠 지났어!

194

그동안에 간행된 시집들에 등장하는 동물들을 체크해 보니, 새·달팽이·토끼·개미·개구리·거미·닭·모기·늑대 등 적지 않은 편입니다. 어떤 걸 인용·소개할까 망설여집니다. 그 가운데서 이 책의 주제에 맞는 실화적인 것 몇 편을 택하기로 했습니다.

개 미

서재에 개미들이 부쩍 많아졌다.
나는 그걸 자연화라 여기고 좋아한다.
원고지 위로도 기어 올라온다.
'개미'에 대해 써보라는 것 같다.

개미가 원고지로 올라온 것은
기실 길을 잃은 것이다.
耳順에 이른 지금까지
나라고 내 길로만 왔던가.
방황 끝에 얻은 말들이
詩가 되지 않았던가.

원고지 한 칸도
차지하지 못하는 한 마리 개미가
너끈히 詩의 주제가 된다는 것,
실패한 삶이 곧 인생의 패배는 아니라는
내 문학의 오랜 테마를
길 잃은 개미 한 마리가
열심히 현장검증을 하고 있다.

사물에 대한 재해석, 특히 우리네 인생에 빗대보는 의미의 강화
도 시작의 한 방편이 아닐까 합니다. 그런 뜻에서 다음의 예시도
참고가 되지 않을까요.

거미와 시인

우리 집에는 수세식 화장실과
앞마당 한구석에 재래식 변소가 있다.
아버지는 굳이 뒷간이라고 부르셨다.
뒷간은 직계존비속이다.
장남인 내가 법통을 이어받아
국산품장려 캠페인 하듯 드나든다.

어느 날 아침 뒷간 창틀에
햇빛을 받아 반짝이는 거미줄을 보았다.
금실은실에 매달린 이슬보석들
어느 절구絕句라고 그리 빛나랴
줄 줄마다 시안詩眼이다.

거미는 몸속에 집을 넣고 산다.
몸의 몸인 흙은 다 버려 놓고
물질의 집만 드높이 짓는 인간들아
비워낼수록 새 집 얻는 거미를 보아라.
몸은 채우는 것이 아니라
마지막에 잘 뉘는 것,
허름하고 후미진 곳만 찾는 거미여

내 가슴도 알맞이 허물어졌느니
외로움이 더 편한 방 하나
그 옆에 마련해 주지 않으련.

　시를 쓸 때마다 마음의 상태는 다 다르지만, 나는 위 시의 마지
막 두 연聯과 같은 문맥의 시행詩行이 어렵사리 만들어지면, 그 희
열은 비할 데가 없는 것입니다.
　그렇다고 그런 인생론적인 안분安分의 시만 있는 게 아닙니다. 다
음 시를 보십시오.

　모기

　늦가을 아침
　뒷간에서 용변을 보다가
　힘없이 죽어가는 모기를 보았다.
　그런데 요즘엔 한겨울에도
　거실의 모기들은 잘도 살아 있다.

　그날 아침 나는
　안방에 들어서자마자
　에프킬러를 냅다 살포했다.

　또 그 '뒷간'의 시입니다. 모기를 빙자한 일종의 반부르주아 시이
지요.
　실생활에서는 서민옹호를 위한 사회적인 일에 크게 기여하지도
못하면서, 시로 그런 의미를 부각해 보려는 것이 이제 생각해보니

쑥스러워집니다. 그렇지만 내친김에 한 편 더 소개해 보겠습니다.

개구리

논 옆으로 새로 난
포장도로 위에
개구리 한 마리가
차에 깔려 죽어 있다.
눈길을 돌리지 마라
그것은 우발적 사고가 아니라
느닷없이 내 영토를 침범한
덩치 큰 괴물에게 덤벼든 것.

뒤집힌 속 그대로 드러낸 채
적의로 내뻗은 네 발
끝내 거둬들이지 않고
의분의 두 눈 더 부라리고 있다.

사람을 죽이는 것만
전쟁이 아니다.

내가 하고자 하는 말은 단순한 자연보호나 동물애호가 아니라, 생명을 가진 존재(개구리)와 기계(자동차) 간의 전쟁에서 결국은 인간까지도 패퇴하지 않겠느냐는 항의입니다. 낚시하러 다녀보면 가끔씩 접할 수 있는 광경을 시로 승화시켜 보고자 한 것입니다.
다음에는 나의 심성의 단면을 투영시킨 시 한 편을 옮겨 보겠습니다. 그냥 읽어만 주시기 바랍니다.

　새

　당신들은
새가 노래한다고 말하지만
나는
새들이 운다고 쓴다.

　슬프지 않고서야
어찌 그리 훌쩍 자리를 뜨랴.
슬픔의 힘없이
어찌 그리 높이 치솟을 수 있으랴.

　새야
세상을 멀리하는 법을
내게도 가르쳐다오.

나는 이런 詩도 썼답니다

먼저 詩 한 편부터 보시겠습니다.

아파트 두 채

사람　　사람
위에　　밑에
사람　　사람
위에　　밑에
사람　　사람
위에　　밑에
사람　　사람
위에　　밑에
사람　　사람
위에　　밑에
사람　　사람

위에	밑에
사람	사람
위에	밑에
생(生)	사(死)

위 시는 '아파트'라는 건물을 문자로 시각화하고, 그 재화의 유무나 과소過少에 따른 인생의 귀천貴賤을 부각해 보고자 한 것입니다. 일반 시와는 우선 그 형태가 다르지요.

시의 형태에는 일 자시一 字詩나 하이쿠, 시조나 소네트처럼 정형적인 것도 있지만, 한시에서 행마다 글자 수를 한 자씩 더해 가는 '층시層詩' 또는 '보탑시寶塔詩'라는 것이 있는가 하면, 예로부터 사물의 형태를 문자로 그려내는 '형상시' 또는 '구체시'라는 것도 있습니다. 근래 『시인정신』 가을호에서 "살수록 꼬질꼬질한 허물들, 탈탈 털어 빨랫줄에 넌다/ㄱㄱㄱㄱㄴㄴㄴㄴㄷㄷㄷㄷㄹㄹㄹㄹ……/ 팬티는 팬티끼리, 양말은 양말끼리, 손수건은 손수건끼리" (서하「빨랫줄 동창회」)라는 시구를 보고 재미있다고 생각했습니다.

나는 문청 시절에 이 실험적인 시 형태들에 호기심을 갖고, 부분적으로 모방도 해보았습니다. 그러다가 이들을 '선(線)에 관한 명상'이라는 연작시 형태로 이렇게 저렇게 시도를 해봤습니다. 시에는 이런 요소도 있구나 하고, 참고삼아 읽어 주시기 바랍니다. (※각 시마다 그 형태와 내용에 특별한 해설이 필요치 않아 작품만 소개합니다. 그리고 편의상 '선에 관한 명상'이라는 부제는 모두 생략했습니다)

이정표

당신의무덤이

가 세 요 가 세 요 자 꾸 만 가 세 요
나
타
날
때
까
지

인생

디 어 디
로 서
가 왔
는 는
지 지
누 누
가 가
아 라 아

제 3 자

신
과   과
인   자
간   연
과   과
는 삼 각 관 계 다 는

詩作 강의

```
        무   엇
      가        이
      詩          냐
                   고
                   묻
                  지
                 마
               그
               냥

               써
```

삶의 완성

```
              가
              진
              자
      안가진자도없는자도
              있
              는
              자
              도
              만
            지  불
          지  가  행은
          한은    다
        복        다르
      행            네
```

눈감으니다평화네요지상유일의민주화여죽음이여

무산자(無産者)

아래로더
　　　아
　　　래
　　　로더아래로
　　　　　　아
　　　　　　래
　　　　　　로더아래로
　　　　　　　　아
　　　　　　　　래
　　　　　　　　로더아래로
　　　　　　　　　　아
　　　　　　　　　　래
　　　　　　　　　　로더아래로
　　　　　　　　　　　이
　　　　　　　　　　　제
　　　　　　　　　　　는끝이야어
　　　　　　　　　　　　　　디
　　　　　　　　　　　　　　로
　　　　　　　　　　　　　가
　　　　　　　　　　　　　?

정원에서 생긴 일

우리 집에는 앞쪽에서 '나무詩'에 대해 이야기할 때 소개했던 정원이 있습니다. 그 옛날에는 텃밭이었던 곳입니다.

정원 한가운데는 큰 나무가 있어, 여름에는 그 아래 의자를 놓고 책을 읽거나 시상을 고르곤 한답니다.

그런데 지난 여름 어느 날, 그 그늘에 앉아 있으려니, 어디선가 잠자리 한 마리가 날아와 내 무릎에 앉는 것이었습니다. 나는 곧바로 재미있는 생각이 들어 다음과 같은 시를 썼습니다. (물론 나중에 퇴고는 했지요)

잠자리

정원 의자에 앉아 있으려니
잠자리 한 마리 날아와

내 무릎에 앉는다.

나는 벌 받는 초등학생처럼
꼼짝 않고 있는다.

이싸(一茶)는 반딧불이하고 통성명을 했다던가*
그래서 나도
"나, 시인 김대규야." 했더니
그걸 어떻게 믿겠느냐는듯
머리를 갸웃갸웃 하더니
훌쩍 날아가 버린다.

(고얀 놈의 잠자리 같으니라구!)
입 밖에는 내지 않은 말이다.

*이싸는 "올해의 첫반딧불, 왜 바보처럼 도망가니? 나 이싸야!"라는 하이쿠를 남겼다.

내가 적지 않은 나무시를 쓸 수 있었던 것도 틀림없이 정원 때문
이었을 것입니다.
　독서도 하고, 시도 만들고 하니까 정원이 마치 문학 교실처럼 보
여 다음과 같은 시도 써 보았습니다.

정원 수사학

정원 나무 그늘에서 시상을 고르노라니
새들은 말보다 노래라고 지저귀고

나무들은 그래도 의미의 열매는 남겨야 한단다.
꽃들의 미사여구를 한 줄기 허구로 흔드는 바람
소나기 한 차례 고딕체로 지나간 후
교정본 같은 잔디밭이 오자誤字를 드러내면
구름이 부단한 변용의 퇴고를 종용하고
가려졌던 해가 나와 한꺼번에 윤문潤文을 한다.
정원 나무 그늘은 문학 교실이다.
오늘 밤 달은 명문名文을 얻겠다.

길지 않은 시에 새, 나무, 꽃, 바람, 소나기, 잔디밭, 구름, 해, 달 등의 자연계의 물상들을 동원해서 의인화 기법을 중심으로 시화시켜 본 것입니다.

사실 나는 그 정원의 나무 아래에서 참으로 많고 많은 작품을 착상하고 퇴고했습니다. 앞으로도 건강이 허락하는 한 그런 일은 되풀이될 것입니다.

정원에서의 작업 가운데 작년(2012) 여름에는 문득 인간 존재와 인생 자체가 외로운 '섬'과 같다는 생각이 들었습니다. 그래서 단상短想으로 연작시를 쓰기 시작했습니다. 어찌나 몰두했던지, 한 달 사이에 2백여 편이나 됐습니다. 일일이 설명이 필요치 않은 것들이라, 여기 맛보기 식으로 몇 편을 소개하기로 하겠습니다.

無人島

— 섬 · 1

오지 마라
오지 마라

온종일
파도의
손사랫짓.

거리
　　ー 섬 · 4

너는 거기,

나는 여기.

등대
　　ー 섬 · 5

이건 불빛이 아니랍니다.

내 외로움의 눈빛입니다.

다시 無人島
　　ー 섬 · 6

무인도에 올라 섬에게 물었다.
내가 처음이냐고.

섬이 대답했다.

아니라고.
이생진 시인이 다녀갔다고.

섬 · 7

모여 있지 마.

서로 떨어져 있어.

그래야 우린 '섬'이야.

창세기
　　― 섬 · 17

너희들은 創世記를 읽지만
우린 創世期를 겪었어.

입 다물어!

철학
　　― 섬 · 19

'섬은 섬이다'는 형이하학.

'섬은 사람이다'는 형이중학.

'사람은 섬이다'는 형이상학.

이별
　　— 섬 · 26

떠나야 사람이다.

헤어져야 사랑이다.

홀로 돼 봐야 섬이다.

귀향
　　— 섬 · 41

홀로 섬을 떠난 처녀
세월이 흐른 뒤
등에 아기 하나
손에 아이 하나 데리고 온다.

시인
　　— 섬 · 52

"나, 시인이야."

"응, 우릴 보고 자꾸만
외롭다고 쓴 작자로구먼."

담배

바위섬에 앉아
담뱃불을 붙이니
바람이 혼자 다 피운다.

시인과 어린이는 '꿈'을 먹고 산다

운전기사님을 빼놓고 눈을 싫어하는 사람은 아마 없을 성싶습니다. 나도 눈을 아주 좋아합니다. 운전기사님이라 할지라도 사랑을 나눌 때는 눈 내리는 날을 싫다고는 하지 않을 것입니다.

지난해 겨울에 첫눈이 내리는데, 아내가 쓸어야 할 만큼 많이 내렸으니 앞마당의 눈 좀 쓸라는 말을 듣고 퍼뜩 떠오른 시상을 정리해서 시 한 편을 만들었습니다. (이 시 역시 앞에서 소개한 바 있습니다)

세 월

옛날엔
눈이 내리면
좋아라 함께 걷던 소녀가

이젠 눈만 내리면
쓸지 않고 뭐 하냐고
야단치는 할머니가 되었네.

세월이 더 야속하네.

쓸던 눈 그냥 두고
옛날 생각하며 우리
눈길 함께 걷자고 하니
금방 어린애처럼 좋아하네.

세월이 더 아련하네.

문학청년이었던 내가 할아버지가 되었으니, '소녀'가 할머니가
된 것은 당연하지요. 그 사이의 50여 년을 '눈'이 덮어 줍니다.
  나는 고등학교 2학년 때(1959) '눈'에 대한 시를 처음 썼습니다.
지금도 창밖에 내리는 눈을 바라보며, 밤늦도록 시를 다듬던 정경
이 눈앞에 그립게 펼쳐집니다. 다음이 그 시입니다.

눈(雪)

거짓말은
해본 적이 없습니다.
더러운 건
만진 적이 없습니다.
나의 세계는
어린 마음들의 왕국

한 번도
남을 시세운 적이 없습니다.

하얀 고백 속에
오손도손
밤은 깊어 가고,
하얀 마음결에
하늘하늘
꿈은 쌓여

옛날 백설공주는
바로 이런 밤에
태어났나 봅니다.

창문을 열면
어둠을 밀고 들어올 듯
몸을 땅에 부딪쳐
끝맺지 못한 말을
글자로 씁니다.

그러나
슬픔은 배웠습니다.
울음도 배웠습니다.

문학소년 시절의 시인 지망생이었기에 동화적인 맑은 시상이 펼
쳐지고 있습니다. 시인은 항상 그렇게 순수한 정서를 지녀야 한다
고 생각되지만, 나이를 더해감에 따라 세태에 오염되는 것이 원망

스럽기까지 합니다.

　앞에서 눈 쓰는 얘기를 했지만, 이에는 다음과 같은 시도 있습니다.

　　三代의 눈

　눈이 많이 내렸다.

　할아버지는
　새벽 일찍부터
　발자국도 안 난 눈을 쓰신다.

　새 세상을 만들고
　사람의 마음까지 새롭게 해 준
　그 눈에 대해서
　나는
　무언가 써야 되겠다고 생각한다.

　뒤늦게 일어난 아이들이
　우르르 몰려 나와
　눈사람을 만든다.

　할아버지는
　자꾸 쓸어버리시고,
　나는
　무언가 써야겠다고 생각하고,

아이들은
또 다른 세계를 만들고 있다.

어른들은 현실을 살지만, 어린아이들은 꿈을 살아가지요. 시인도 현실을 뛰어넘는 꿈을 꾸기는 마찬가지입니다. 시란 시인들의 꿈의 결실이지요. 다음 시도 눈에 대한 꿈의 하나입니다.

눈(雪)

눈이 세상을 덮었다.

사람 하나 보이지 않는다.

모두 옛날로 돌아갔기 때문이다.

비현실성이 꿈의 본질입니다. 모두 옛날로 돌아갔기 때문에 지상에 사람이 하나도 보이지 않는다는 것이 눈에 대한 시인의 상념(꿈)인 것입니다. 이를 더욱 구체화한 시를 작년 겨울에 썼습니다. 아직은 제대로 다듬지 않은 초고 상태입니다.

눈사람

지난 겨울엔 눈이 참 많이 내렸다.
60여 년 만에 처음으로
눈사람을 만들었다.

며칠 묵고 갈
먼뎃손님 오셨다고
아내가 기껍게 맞이했다.

나무 팔을 달아 줬더니
나를 덥석 껴안고
곧바로 유년시절로 데려갔다.

세상을 이미 떠난 애들까지
거기 모두 모여
눈사람을 만들고 있었다.

이건 참 행복한 꿈이지요. 꿈의 세계에는 역시 어린 날의 그림자
가 어른거립니다.

'문학 선생님'의 '문학십훈文學十訓'

나는 오래 전부터 나의 고향인 안양에서 세 개의 문학 동아리와 관계를 맺어 오고 있습니다. '안양여성문우회'의 '화요문학' 동인회, '文香동인회', 그리고 '글길문학동인회'가 그것입니다.

이들 동아리 회원들은 모두 나를 '선생님'이라고 부릅니다. 그러나 나는 지금까지 '제자'라는 말을 입에 올려 본 일이 없습니다. 나 자신이 참된 스승의 자질·자격이 없다고 확신하기 때문입니다.

강의하면서도 항상 스스로의 부족함에서 자유롭지 못합니다. 진심입니다. 그래서 다음 시에서처럼 핑계 아닌 둘러대기를 잘한답니다.

문학 강의

나를 보고

선생님이라 부르는 이들에게
항상 일러 왔다.
문학은 가르치고 배우는 게 아니라고.
아주 훌륭한 선생님이 계시니
그건 바로 책이라고.

그러면 책은 말한다.
나보다 뛰어난 스승이 있으니
그건 자연이라고.

그런데 자연은 또 말한다.
가장 좋은 선생은
바로 네 자신의 인생이라고.

그렇습니다. 내가 주로 한 것은 좋은 문인의 좋은 책을 소개하는 것이었습니다. 거기까지입니다. 그 이후의 문제는 각자에게 달려 있는 것입니다. 문학뿐만 아니라 모든 예술은 학습보다 '운명'이 우선한다고, 그 운명은 개인의 인생 속에서 스스로가 개간해 가는 것이라고 생각합니다.

파블로 네루다가 노벨문학상 수상기념 연설에서 한 말이 떠오르는군요.

"나는 책에서 시를 쓰는 방법을 배울 수 없었기 때문에 후배 시인들에게 시에 관한 지식을 일러 줄 수 있다고 생각하지 않는다. 나는 나의 인생의 여정 속에서 언제라도 필요한 도움을 찾을 수 있었다."

자신의 인생이 시의 교본이 되는 시인이야말로 진정한 의미의 시인인 것입니다. 그런 시인들의 말에는 교과서 이상의 진실이 담겨 있습니다.

나는 이들 동인회 회원들에게 강의도 하고, 50년 넘게 문학 공부를 해 오면서, 여러 가지 느끼고 깨달은 것들을 열 가지로 간추려서 나의 「문학십훈」이라고 명명하기도 해보았습니다. 이를 소개하면 다음과 같습니다.

'나의 문학십훈'

1. 문학은 입구에서는 재능이 환영하지만, 출구에서는 운명이 이끈다.
2. 문학은 그 본질에 있어 가르치고 배우는 것이 아니다.
3. 문학적 스승보다는 '책'을 더 따를 것.
4. 그래서 많이 읽은 사람이 더 많이 쓰고, 더 많이 쓴 사람이 더 잘 쓴다.
5. 체험은 동반자이고, 상상력은 안내자다.
6. 뛰어난 작품은 훌륭한 삶과 비례하지 않는다.
7. 현실의 문단이 아니라, 자신의 꿈의 문단에 등단해야 한다.
8. 문학가가 되기는 쉽다. 문학인답게 살아가기가, 끝내는 문학인으로서 죽기가 어렵다.
9. 큰 문학은 '천부성+운명'이고, 작은 문학은 '욕망-노력'이다.
10. 문학은 결국 인간과 인생에 대한 '사랑의 꿈'이다. (※ 이들에 대한 구체적인 이야기는 졸저 『늙은 시인으로부터의 편지』(2012, 한강)를 참조해 주시기 바랍니다.

문학도들 사이에서 최대의 현안은 언필칭 '등단' 문제입니다. 이에

대해서는 여러 가지 논점이 있겠지만, 나는 지금 한국 문단에 만연
돼 있는 부적절한 등단방법에 대해 부정적인 시각을 지니고 있습
니다. 그래서 다음과 같은 비판적인 시도 쓴 것입니다.

시인공장

한국에는 공장이 참 많다.
그 중엔 시인공장도 있다.
잡지사, 출판사에 백화점에서도
시인을 제조·판매한다.
그것도 대량생산 체제라서
불량제품에 재고가 넘친다.
웃돈을 얹어 줘야 출고가 된다.
한국문단은 8할이 짝퉁이다.
WTO도 손을 못 쓴다.

옛날엔 딱 한 곳밖에 없었다.
주점!
주점은 시인의 모태
그 시인공장에서 직공들은
영혼의 수유를 하며 꿈을 가공했다.
주모酒母가 시인이라고 불러 주어야 등단한 것이었다.

시인의 탄생은 운명이라는 말이다.
운명의 제1은 요절이고,
제2는 순수성의 수절이며,

제3은 자신의 문단에의 등단인 바
그 운명의 세례를 받지 못한 사람들이 세운 공장에
뮤즈의 추천장도 얻지 못한 사람들이 몰려든 것이다.

이제 그들은 노조를 결성하고
한국 문단은 거듭된 파업에 파산할 것이다.
이미 그 징조가 과반수를 넘어섰다.
어쩔 것인가?

중요한 것은 이것저것에 한눈 팔지 않고 열심히 쓰는 것일 것입니다. 사실 그게 전부이지요. 그러하지 못한 사람들이 부적절한 방법을 택하는 것입니다.

나는 인생이라는 학교에서 가을학기를 보내고 있습니다. '가을 선생님'은 자습을 자주 시킵니다. 자습시간에 다음과 같은 시 한 편을 썼습니다.

가을학교

나는 요즘
가을 공부 중이다.

가을 선생님은
결강이 잦으시다.

학기가 끝날 즈음에야
낙엽 한 장씩을

시험지로 나눠 주신다.
문항이 없어
아무도 답을 못 쓴다.
다 유급이다.

가을 학교에
졸업생은 없다.

집안일을 하면 詩가 생긴다

나는 어려서부터 병약하여 부모님들은 내게 일을 시키지 않으셨습니다. 집 앞에 너른 텃밭이 있어 주로 감자와 옥수수를 심었습니다. 지금도 옥수수 나무가 점점 자라나는 모습이나, 감자를 캐는 일을 거들던 생각이 납니다.

감자 캐기의 경우는 어른들이 앞서서 캐 나가면 못 캐고 남겨둔 한 알의 감자라도 발견해 내려고 애쓰던 기억이 생생히 떠오릅니다.

내가 성장하여 시인이 되고, 그 감자 캐던 일들을 회상하며 쓴 시가 있습니다.

감자를 캐면서

하루 종일 감자를 캤다.

어른들이
쌓여진 감자 더미에 흡족해 하는 동안
아이들은 앞질러 가며
감자포기만 쑥쑥 뽑아 올렸다.

학교에서 늦게 돌아온 막내는
어른들이 캐 나간 자리마다
더 깊이 파헤쳐 보면서
어른들의 一失을 찾아내려고 애쓴다.

그건 태반은 호기심이고
나머지는 견해차이지만,
그 나머지가 중요하다.

잘 되던 일이 끝에서 허물어지는
그 나머지가 문제다.

나도 그런 경험이 있어서 알지만
그걸 꾸짖거나 일부러 시켜서도 안 된다.

적어도 원만한 아버지라면
아이들의 득의得意 하나를 위해
몇 개의 실수를 숨겨 놓아야 한다.

그 애가 빈손으로
저녁 식탁에 앉을 때
그의 生生은 이미 놀랍지 못한 것이 되고 만다.

자식들을 오해하게 되는 것이
부모들의 마지막 슬픔이라면,
지상의 모든 감자밭을 다 파헤쳐 보기 전까지는
하나의 아이가
올바로 자라나지 못할 것이다.

좀 긴 시지만, 이건 한마디로 '성장시'라고 할 수 있겠습니다. '막내 아이'와 '원만한 아버지' 사이에 견해 차이가 줄어들수록 우리들의 아이들이 올바로 자라날 것이라는 주제이지요.

우리 집은 농사도 지었기 때문에 그때마다 할 일이 참 많았습니다. 그중에서 여름에 논에 몰려드는 새들을 쫓아내는 일은 주로 내가 맡았습니다.

새 쫓기

한여름을 들판에서 보냈다.

물을 퍼 가뭄과 싸우고
벼 이삭을 쪼는 새들과 싸웠다.
그러나, 정말 싸운 것은 내가 아니다.
새들이 싸운 것은 사람이지만
새들과 싸운 것은 벼 이삭이다.

〈프로이트〉 씨는
그의 명저 『꿈의 해석』 P.155에서

새는 리비도의 상징이라고 풀이했다.
칼로리를 위해서 벼가 자라거나
지식으로 벼가 영그는 것이 아니듯,
이런 들판에서 보는 새들은
그냥 하나의 습관이었다.

〈로빈슨 크루소〉에게도
생명은 하나의 습관이었지만,
벼 이삭의 완벽한 영글음을 위해서나
하나의 시를 완성시키기 위해서는
그러한 습관의 새를
우리는 잔인하게 죽여야만 한다.

깡통을 두드리며 새를 쫓는 일도 시간이 흐를수록 '습관'이 됩니다. 습관대로 쉽게 써지는 시가 매너리즘의 폐해이듯, 하루하루를 습관대로 살아가는 것도 생명에 대한 폐해가 아닐까요.

나이가 더할수록 아내가 시키는 일이 점점 많아집니다. 한번은 콩 좀 까라고 해서 억지로 콩을 까면서 다음과 같은 중차대한 사실을 발견했습니다.

사람의 일

아내가 내게 콩깍지를 까라 한다.
나는 콩깍지 까는 일 같은 건
남자가 할 일이 아니라고,
더구나 시인이 할 일은 못 된다고 투덜댄다.

시큰둥해 하며 콩깍지를 깔 때마다
알갱이들이 신생아처럼 튀어나온다.
알몸으로 맞는 세상,
질서를 벗어나서 더 잘 드러나는 실체들.
그래, 편견의 외피를 벗겨내면
저렇게 지순한 본질만 남는 것을.

사람처럼 껍질이 많은 동물이 있을까.
그렇다.
우선 껍질부터 벗어야 한다.
그리고 다시 태어나야 한다.

콩깍지를 모두 까놓고 나서
나는 콩깍지를 까는 일이야말로
남자나 시인이 할 일이 아니라
사람의 일이라고 확신한다.

이건 과장의 의인법이지요. 그래도 평상시의 잡일 가운데서 시를 얻어낼 수 있다는 것도 무의미하지는 않을 성싶습니다. 다음 두 편의 집안일에 관한 시도 그 의미를 과장하기는 마찬가지일 터입니다. 그냥 한번 읽어봐 주시기 바랍니다.

설거지

아내가 아파 누워 설거지를 했다.
생명의 시작인 물이
마지막 역사役事를 한다.

228

뒤끝을 마무리한다는 것
그것이 바로
사관史官들의 소명이었나니

나의 지난날들은
모두 설거지감이다.
노아의 홍수도
한 차례의 설거지였거니
한바탕의 설거지가 정말 절실할 때다.

퇴고는 詩의 설거지
죽음은 삶의 설거지
그렇다.
영혼의 정수淨水 없이
어찌 이룰 것인가.

이불 개기

아침마다 이불을 개며
아내에게 속으로만 불평을 한다.
이건 시인의 소임이 아니라고.
그럼 너는 시인인데
그동안 언어는 잘 개 왔냐?
자문자답으로 유구무언이다.

젊어서는 시의 꿈 부풀리던 자리
한 여자를 얻어 자식을 만든 자리

날마다 지친 육신을 받아들이고
마지막에 잘 누워야 할 그 자리
이불 개기는 자못 성(聖, 性)스런 역사役事가 아닌가.

말도 잘 개야 시가 되듯
삶을 잘 개야 좋은 죽음이 된다.

책과 독서, 그리고 「도서 분류법」

아주 오래전에(1983), 「도서 분류법」이라는 시가 호평을 받은 일이 있었습니다.

책 정리를 하다가 힘이 들어, 담배를 피우며 숨을 돌리던 중에 떠오른 시상을 그 자리에서 메모하고, 적지 않은 시간 동안 퇴고를 거듭한 작품입니다. 좀 긴 편이니까 천천히 읽어 주시기 바랍니다.

도서 분류법

하루 종일 책을 정리했다.
서가에선 얼마 되지 않던 책들이
헝클어 놓으니 야적장 같았다.
보기 싫은 자들의 책은

구석으로 픽픽 집어 던지고
기증본 발송자들의 안부를 짚어가며
베스트셀러 작가들에겐 질투도 보내면서,
원서의 눈치만 살피는 번역서와
낡을수록 경건해지는 고전과
표지만 빛나는 신간들을 대충 구별해 놓고 나니
아직도 살아 있는 문인들의 전집이
그렇게 초라해 보일 수가 없었다.

결사조직 같은 합동시집들과
전당대회 같은 연간시집도 있지만,
언필칭 난해시들은
손 안 닿는 맨 위 칸에 넣고
프로이트와 융, 사르트르와 카뮈는
나란히 끼워 화해를 도모해 본다.

현학적인 편저들과
사제 이론을 앞세운 평론집들이야
외국어 경쟁이기가 십상이지.
선언이 많아 고독한 동인지는
고료 지원을 받는 문예지를 부러워하고,
호화주택 같은 여성지가 못마땅한
새 장정의 영인본들은 헛기침만 한다.

말의 집,
언어의 본향인 사전은 말이 없고,
두꺼운 산문집의 중량에 눌린

자비출판 시집들의 우울을
센티멘탈리즘의 대부인 양 어루만지는
미천한 나,
너의 주인으로 말하노니
나의 시편들이여,
유명 인사들의 서가가 아니라
흙에 사는 사람들의 마음 밭 깊은 골에
한 덩이씩의 뭉클 뭉클한 말씀으로
때 기다리며 그렇게 파묻혀 있을진저!

책 정리를 해 본 분들은 혹 이해가 가는 부분이 있을 것입니다.
서점에 들르는 일은 술집에 가는 것과는 또 다른 즐거움이 있습
니다. 술은 육신을 취하게 하지만, 좋은 책은 영혼을 흠뻑 취하게
해 줍니다. 그러하니 서점에 들르는 일이 즐겁지 않을 수가 있겠습
니까. 다음의 시는 내가 직접 꿈으로 체험한 일입니다.

독서치료

일주일에 한 차례는
서점에 들른다.

수십 년을 그리 살았다.

어쩌다 신병을 얻어
한 달 넘어 누워 있을 때
중요한 걸 깨달았다.

아, 책을 읽지 않아도
살아갈 수가 있구나!

그러던 어느 날 밤 꿈에
내가 읽은 책의 모든 저자들이
한꺼번에 문병을 왔다.

그다음 날
가뿐해진 몸으로
나는 다시 서점에 갔다.

내 생각에는 종이책만 책이 아닙니다. 인생이라는 서적, 삶이라
는 책도 있습니다. 그 책이 더 중요할 지도 모릅니다. 그런 생각에
서 다음과 같은 시를 썼습니다.

나무읽기

낙엽이
어깨를 툭 치며
책을 덮으라고 한다.

사람의 책은
멀리 하라고 한다.

한 권 한 권
다 버리고

마침내 서가를 비운 나무.

독서는 이제부터란다.
사람의 책은 멀리 하란다.

독서를 할 때, 글자를 잘못 읽는 경우가 적지 않습니다. 문장의
오독은 의미의 오해를 초래하지요. 다음 시를 읽어 보시겠습니까?
오독하시지 않도록 주의해 주시기 바랍니다.

오독誤讀

옛날에 나는 썼다
삶은 '사람+살다'의,
앓는다는 '알을 낳는다'의 축약어
그래서 '그리움→그림→글'이라고.

한때는
미스킴을 매스컴으로,
이미자는 이미지로,
나체는 니체로 읽기도 했지.

레스토랑을 레지스탕스,
사이버를 사이비,
교육시책을 고육지책,
교통을 고통으로 오독하는 것은
사고思考의 사고事故겠지만

오르간을 오르가슴으로,
큰돈을 콘돔으로,
호머를 호모로,
섹스피어를 섹스·피여로 오독하는 것은
분명 에로(ero)의 애로이리라.

그리고 나는 또 쓴다.
머리를 수그린 수구守舊나
보수補修가 필요한 보수보다
진보가 더 진부하다고.

그러니 시학도들이여
비 온 날에를 비엔나레로,
아이려니는 아이러니로,
사타구니는 사타이어로,
알레르기는 알레고리로,
넝마주이는 낭만주의로 오독하라.
그러면 그대들도
시인으로 시인 받으리라.

'내가 여든세 살이 되었을 때'

이 책에 필요한 자료들을 찾아내려고 나의 시들을 살피다가 우연히 '지천명知天命', '이순耳順', '고희古稀'에 이를 때마다 시 한 편씩을 쓴 것이 눈에 띄었습니다.

혹시 '불혹不惑'에 관한 시가 있을까 이리저리 뒤져 봤지만 발견하지 못했습니다. 40세가 되는 게 그리 의식되지 않은 것 같습니다.

① 사람이 50代에 들면
다음의 자격을 획득한다.

— 지난 세월을 뒤돌아볼 자격.
— '인생'이라는 말을 쓸 자격.
— 죽음에 대해서 생각할 자격.
나도 50을 넘겼다.

이제는 벌레울음도 다시 들어야겠고
빗소리에도 쉽게 마음 흔들리지 말아야겠다.
젊어서 수없이 내뱉은
고뇌니 사랑이니, 아픔이니 불행이니 하는 말들이
껍질을 깨고 다시 태어나는 걸 지켜보면서
아직 부화가 되지 못한 낱말 몇 개는
좀 더 따듯하게 품고 있어야 한다.

저 山 속의 무덤들이
하나씩의 고유명사를 잠재우고 있듯
나도 이제는 知天命에 들었으니
인생이라는 말 속에
나의 무덤을 마련해야겠다.

　　　　　　　　　　　—「知天命」전문

② '젊은 시인들에게'라는 말을 하기 위해
　이순耳順에 이르기를 얼마나 기다렸던가.

젊은 시인들아,
詩는 결국
혼자서 쓰는 것 아님을 알라.
행간에 너무 깊은 수렁을 만들면
거기서 헤어나오기 어려울 터,
詩行 밖으로 얼굴을 내보이거나
삶과 문맥을 가르지도 말라.

말 따로, 몸 따로, 詩 따로 일 때

238

누가 그대를 시인이라 부르랴.

시인의 이름은 제목 아래가 아니라
뭇사람의 가슴에 새겨져야 하리니,
삶이 너의 미완의 전집이요
詩가 곧 너의 묘비명임을 깨우쳐
모든 독자를 문상객으로 맞아들이지 못한다면
그대보다 작품이 먼저 사라지리라.

—「젊은 시인들에게」 전문

③ 이제 나도 古稀가 되었다.
그러나 두보杜甫처럼 외상술값은 없다.
내 육신이 이리 늙었으니
나의 詩도 좀 늙어 주어야겠다.

늙으면 살아가는 게 다 독서다.
들리는 말은 말마다 잠언이요
매일의 役事가 곧 外經이다.
누구의 絕句도 이른 바 없는
자연의 소리에는 밑줄을 쳐둔다.
살아보지 못하고 써낸 허사虛辭들
어찌 詩로 남으랴.
나보다 더 늙은 시인들의 눈치를 살피면서
젊은 시인들에게 한두 마디 하련다.

시인의 탄생은 대저 운명이거니
가을 노래는 서둘러 부르지 말거니와

너 자신의 문단에 등단하기 전까지는
시인입네 하지 마라.
　　　　　　　　　—「늙은 시인의 말」 전문

위는 각 시마다 나타나 있듯 ①은 知天命, ②는 耳順, ③은 古稀
에 들어 시인으로서의 느낀 바를 쓴 것입니다.

일찍부터 형성되어 온 죽음의식이나 운명적인 시인 탄생론도 부
각되어 있지만, 시와 삶과 사람이 함께 조화를 이뤄야 한다는 시인
삼위일체론이 강조되고 있음을 알 수 있습니다.

왜 그런지 나 자신도 모르겠는데, 나는 詩가 예술의 '本'이기 때문
에 누구보다도 시인은 인간의 '本'이 되어야 한다는 관점, 환언하면
시인으로서의 기량을 연마하기에 앞서 인간으로서의 기품을 더 중
시하는 강박관념 같은 것을 지니고 있습니다.

아, 그런데 습작 원고 가운데서 나이에 관한 재미있는 시 하나가
눈에 띄었습니다. 좀 길지만, 초고 그대로 소개하겠습니다.

내가 여든세 살이 되었을 때
　　　−비틀즈에게

내가 여든세 살이 되었을 때
여전히 책을 읽고 詩도 쓸 수 있기를.
나보다 건강한 아내가 해 준 밥을 먹으며
당신은 참 좋은 사람이라는 말을 들었으면.
원망스런 사람들 이름은 다 잊어버렸기를.
보고 싶다는 엽서 보낼 벗 몇몇은 남아 있기를.

내가 여든세 살이 되었을 때
지금 입는 외투가 그때도 잘 어울리기를.
산책하던 길도 그대로이고
예전에 보던 얼굴들 바뀌지 않았기를.
초청받은 행사에 걸어서 참석할 수 있기를
미인에겐 감탄하고, 걸인에겐 동정심이 일기를.

내가 여든세 살이 되었을 때
시인이 되겠다는 소년 시절의 꿈이
이뤄져서 행복했노라 말할 수 있기를.
그리하여 내 자식의 자식들이
할아버지는 시인이라고 자랑스러워 해 주기를.
애독자의 편지도 이따금 날아들기를.
내가 좋아하는 노래 가사를 처음부터 끝까지 잊어버리지 않았기를.
그리고 종이책이 전자책에 지지 않기를.

내가 아플 때는
첫 키스 날짜를 기억하고 있는 아내가
나의 병상을 지켜주기를.
그리고 당신과 함께 했기에 보람 있는 인생이었노라고
내가 말해 줄 수 있기를.
내가 여든세 살이 되었을 때.

위는 비틀스의 「내가 예순네 살이 될 때」(When I am 64) 라는
노랫말을 읽고 반사적으로 떠오른 시상들을 펼쳐 본 초고 상태의
글입니다. 좀 다듬으면 재미있는 시가 될 듯싶습니다.
생각해 보면, 요절한 시인들도 많은데, 50·60·70대를 거쳐 83

세까지 살려고 한다는 게 웬만큼 미안하고 쑥스러운 게 아닙니다.

'늙음'과 詩

이제부터는 노년기에 접어들어서 일어나는 일들에 관한 시를 살펴볼까 합니다.

노후대책

나이가 들면
두 가지 할 일이 있다.

어린애와
잘 놀아 주는 일,
외로움과
사이좋게 지내는 일.

한눈을 팔면

어린애는
무릎이나 깨져서 돌아오지만,
외로움은
자칫 불치병이 된다.

어린애보다
외로움은
더 잘 돌봐 줘야 한다.

늙는다는 것은 서글픈 일입니다. 몸이 점점 쇠약해지고 병이 들어
서 '죽음'에 이르게 되기 때문입니다. 그래서 외로움만 밀려듭니다.
나는 시인이기 때문에 시 쓰는 일로 외로움을 달랩니다. 시가 없
었더라면 나의 노년은 어찌 됐을까요. 그런데 평생을 써 온 시가 예
전 같지가 않습니다. 역시 늙었기 때문이겠지요.

老年의 詩

이제는 생각은 더 깊이
말은 느릿느릿 해야겠다.
늙었으니까.

이제는 더 쉬운 말들로
뒷생각을 더하게 써야겠다.
늙은 시인이니까.

예컨대 정원에서 책을 읽으며

244

어려운 곳은 바람에게 물어본다든가,
찾아오는 이 없어도
마음은 늘 사람 골라 영접한다거나,
호화침대를 만든 사람이
그 침대에서 자는 일은 별로 없는 법이거니.

그렇다.
나도 나의 시에서 쉴 수는 없으려니
다른 사람의 영혼이나 편케 해 주었으면.

앞의 어느 부분에선가 말했지만, '쉽게' 쓴다는 것은 내 詩作의 근간입니다.

시는 만인의 영혼 노래인데 어려워야 할 까닭이 하나도 없지요. 그러나 무턱대고 쉽게만 쓴다는 것이 아닙니다. 그래도 무언가 생각을 하게 하고, 느끼게도 하고, 궁극적으로는 가슴에 뭘 남길 수 있어야지요. 그게 어디 쉬운 일인가요. 다음과 같은 시는 어떻겠습니까?

노년의 시

나이가 들수록
어려운 어휘들 잊혀지고
쉬운 말만 남는다.

시도 그렇듯 단순해진다.
예를 들면 다음과 같다.

사람의 허물
용서하자.

세상의 일
다 잊자.

하늘의 뜻
감사할 뿐.

죽음에게는
"잘 부탁합니다."

나의 시엔 죽음이 곧잘 등장합니다. 이젠 늙었으니까 자연스럽겠지만, 이에 대해서는 다음에 다시 얘기해 볼까 합니다. 노년의 시와 관련해서 다음과 같은 예가 또 있답니다.

老年期

두 돌 지난 손자 녀석이
할비 할비 하면서
나만 졸졸 쫓아다닌다.
성가실 때도 있다.

나는 70평생
詩만 졸졸 따라다녔다.
詩가 나를 귀찮아하지 않았을까.

요즘에는 몇몇 病들이
나를 졸졸 따라다니고 있다.

　드디어 '病' 이야기가 나왔군요. 늙음에 대한 詩이니 당연하다 할
수 있지 않습니까. 이 '病' 얘기를 다음에 곧바로 해 볼 생각입니
다.

'病'과 詩

앞에서 이야기한 대로 이제는 병과 죽음에 관한 詩話를 남겨 놓고 있습니다. 문학소년 시절의 '시인'에 대한 꿈으로부터 시작된 얘기가 '늙은 시인'의 병을 화두로 삼게 되었으니, 개인적으로는 남다른 감회가 서립니다.

이렇게 시작해 볼까요.

老年期

50년을 썼는데도
詩에 서툴다.

70년을 살았는데도
삶에 서툴다.

하, 그런데 요즘엔
그 詩와 삶이
病과 친숙해지고 있다.

어린이나 젊은이에게도 병이 생기는데, 노년기의 신병은 어쩌면
자연스러운 현상일 지도 모르겠습니다. 더군다나 그 병들이 현실
적인 삶을 지배하고, 詩에도 영향을 미치게 됨은 시인의 업보가 아
닐까요.

시병詩病

나이가 들어갈수록
지갑 속엔 진료카드만 는다.

은행카드를 인출기에 쏙 넣으면
수표가 쑥쑥 나오듯,
진료카드도 쑤욱 넣으면
병들이 쭉쭉 빠져나가는 기계는 없을까.

살아간다는 것은
병을 저축해 간다는 것.
내 육신이 질병 은행이요
詩가 그 이자였구나.
병 중에서도 시병이 만성 고질이었구나.

병은 자랑하랬다고, 나는 몇 년 전에 삼차신경통으로 뇌 수술을,

그리고 작년에는 전립선암 수술을 받았습니다. 그리고 심장에도 관절에도 호흡기관에도 이상 증후가 보입니다. 모든 걸 "그러려니" 하며 편히 생각하려고 하지만, 그게 말처럼 그리 쉽지만은 않습니다. 아픔마다 詩가 꼭 따라붙습니다.

다음의 시도 그렇습니다.

수 술

삼차신경통으로 뇌 수술을 받았다.
나이 70에 뇌 수술이라니.
식구들의 걱정은 '혹시'였지만,
나는 다른 건 다 제쳐 놓고
詩만 다시 쓸 수 있었으면 했다.

하루를 딴 세상에 가 있다가
이승으로 되돌아오자마자
먼저 詩부터 써 봤다.

이게 처음 쓴 詩다.
이 한 편으로 나는 재등단한다.

첫 수술이자 그것도 뇌 수술이었던지라 나로서는 '마지막' 의식이 적지 않았습니다. 그런데도 겉으로는 안 그런 것처럼 詩 운운한 것을 나 자신도 탐탁하게 생각하지는 않고 있답니다.

다음의 시를 보면 내가 입원치료를 받은 것에 대해 얼마나 정서적으로 큰 의미를 부여했는지를 아실 것입니다.

퇴원 전야前夜

내일이면 퇴원이라는 한마디 말에
병상에서의 마지막 밤은
하찮은 것에도 감사하게 되는구나.

어려서 훔친 돈을 얼른 제자리에 갖다 놓고,
원망스런 이름마다 모두 내 잘못이라 말하고,
덧기운 옷가지를 되찾아 입어 보기도 하고,
대문 밖 뒷간에서 어둠이 무서워
자꾸만 불렀던 엄마를 다시 불러도 보고,
사랑의 편지를 보낸 소녀의
여지껏 받지 못한 답장도 떠올려 보고,
반찬 투정을 하던 밥상 앞에선
더욱 감사해야겠다고 다짐을 하고,
어쩌다 발길로 찼던 개에게까지
뒤늦은 사과를 하노라니
식솔들이 문학 전집보다 소중해지는구나.

초등학교 시절 소풍 전날 밤이
바로 이러했거니
이승의 삶이 소풍이라던 시인이 생각나는구나.

그렇습니다. 병은 생명의 악센트입니다. 병이 있으므로 해서 건
강의 소중함과 살아있음의 고마움을 깨우칠 수 있는 것입니다.
이런 생각을 읊은 나의 시 중에서 다음 작품을 나 자신이 아주
좋아한답니다.

사랑 잠언 · 1

누구나
몸에 걱정 하나
마음에 병 하나를
깊이깊이 묻고 사나니

그 몸 아픔
그 마음 켕김.

걱정도 그윽해지면
영혼의 노래가 되고,
병도 잘 다스리면
육신의 복음 되나니

거기에 이르는 길은
오직 사랑뿐,
그 밖의 다른 구원을
얻으려 하지 말라.

몸 아픔과 마음 켕김이 영혼의 노래, 육신의 복음이 되도록 삶을
잘 다스려 왔어야 하는데, 나는 아직 그에 도달하지 못했습니다.
'사랑'이 부족했기 때문이겠지요. 여러분은 어떠신지요.

그리고, '죽음'과 詩 · 1

제목의 '그리고'라는 말은 지금까지 많은 이야기를 해왔다는 것입니다. 먼저 시 한 편부터 읽어 보시겠습니다.

죽음이 무엇이냐고 묻기

죽음이 무엇인지
어려서부터 참 궁금했다.
어른들에게 물어보면
핀잔만 되돌아와
책을 아무리 뒤져봐도
해답을 얻어내지 못했다.

그래서 詩를 썼다.

나이가 들어가니
곁의 사람들이 죽어갔다.
죽음을 볼 수는 있었는데
그래도 알 수는 없었다.
죽음이 無言이라는 것만 알았다.

나도 이젠 조금
죽음 쪽에 가까워졌다.
죽음이 뭐냐고 묻는 이도 생겼다.
낸들 어찌 아랴.
무언에 이르기 전에
내가 할 수 있는 말은
죽음이 뭐냐고 묻게 되면
그도 詩를 쓰게 되리라는 것뿐.

이제 마지막 시화이자 가장 무겁고 어두운 주제인 '죽음'의 화두에 이르렀습니다.

지금까지 출간한 시집들과 미발표 원고들을 살펴보니 '죽음'에 대한 시가 생각보다 많다는 사실에 적잖이 놀랐습니다. 어려서부터 병약하여 항상 죽음에 대한 의식을 떨쳐버리지 못하고 살아왔기 때문이 아닐까 합니다.

우리는 다른 사람의 죽음을 통해 나의 죽음을 연수練修합니다. 다음의 시가 그런 예일 것입니다.

산역山役

오늘
육신 하나를
흙으로 되돌려 보냈습니다.

산은 어머니처럼
가슴을 따듯이 열고
오래 못 본 자식 끌어안듯
말없이 받아들였습니다.

삶은 아픔,
인간사 그 고뇌를
다시 살면 뭐하겠느냐는 듯
어허 달공, 어허 달공
흙은
점점 더 힘껏 끼어 안았습니다.

주위의 나무며 바위,
구름이며 산새가 주욱 지켜보다가
바람에게 뭐라고 귀띔하자
한 자락 바람이 휘익
그 말을 받고
세상 저편으로 급히 갔습니다.

인생은 한줄기 바람,
목숨은 흙에서 흙까지.

그래요. 그렇게 본 죽음들은 모두 '덧없음'이었습니다.

아, 그러고 보니 앞의 제6시집『흙의 詩法』을 얘기할 때, 이미 소개한 시이군요. 우리는 누구나 죽음을 확인할 수는 있어도, 죽음을 체험할 수는 없습니다. 그리고 삶과 죽음의 본질적인 차이는 「죽음이 무엇이냐고 묻기」에서 본 것처럼 '말 없음[無言]'이라고 할 수 있겠습니다. 이를 다시 한 번 강조하자면 다음과 같은 시가 될 것입니다.

生과 死

生者들이 두런두런
忘者의 어제를 얘기한다.
그의 내일에 대해서는
아무도 입을 열지 않는다.

忘者가 할 수 있는 일이란
生者들의 입에서
말을 빼앗아 가는 것.

그를 산에 묻고 돌아오면서
生者들은 말을 되돌려 받는다.
그제서야
"그는 세상을 떠났다"고 말한다.

언젠가는 生者들도
그 말 속에서 재확인될 것이다.

근래에 올수록 화장이 늘어나고 있지만, 우리나라의 여건상 '산'은 매장의 유일하다 싶은 장소입니다. 그래서 산을 생각하노라면 다음과 같은 시상이 자연스럽게 떠오릅니다.

山

올라갔다 내려올 산을
왜 자꾸 올라가나.
내려오지 않으면 다시 오를 수 없으니까.

내려왔다 다시 오를 산을
왜 자꾸 내려오나.
언젠가는 영영 내려올 수 없으니까.

이런 죽음의 시들은 대개가 산역의 현장이나 장례식장에서 착상된 것인데 장의차를 타고 가노라면 나는 항상 다음의 시에 나타난 상념에 빠져들곤 한답니다.

마지막 車

나는 평생
차를 갖지 않으련다.

걸어서 가는 세상,
그렇게 가는 세월,
또 그렇게 떠나면 되지.

떠날 때 타게 될 차
마지막에 딱 한번
가장 편히 타면 되지.

그리고, 또 '죽음'과 詩 · 2

우리는 그냥 쉽게 죽음, 죽음 하지만 느끼는 죽음이 다르고, 생각하는 죽음이 다르고, 겪는 죽음이 다른 것입니다. 그 때문에 낭만적인 죽음, 관념적인 죽음, 고통스러운 죽음이 있는 것입니다.

나는 여기에 시적詩的인 죽음을 첨가하고자 합니다. 그것은 내가 시인이기 때문에 그 시인으로서의 운명성에 충실해야겠다는 것이기도 합니다.

문예지에 시를 발표하면서 최근에 와서는 이런 생각이 들었답니다.

죽은 시인들의 사회

내 작품도 이젠
문예지의 앞 페이지로

자꾸만 옮겨 간다.
그러다가
목차도 벗어나고
표지 밖으로 밀려나면
거긴 다른 세상이다.

그리로 가면
신인 하나가 등단했다고
맨 끝 페이지에 넣어 줄까?

사람들은 누구나 그 '다른 세상'으로 가기 전에 자신의 삶을 돌이켜보고 깊은 회한에 젖어들기도 합니다. 나 역시 다음의 시와 같은 생각을 해보기도 했습니다.

기도 두 번, 그리고 한 번 더

나의 말이
누군가의 가슴에
상처가 되지 않았기를.

나의 시가
누군가의 영혼에
위안이 되었기를.

그리고 죽기 전에
마지막 한 일이

시작詩作이기를.

사실 시인도 시인이기에 앞서 한 인간이기에 무언가 죽음을 앞에
두고서는 인간적인 의미를 희구하게 되지 않나 싶습니다. 자신의
삶을 의미 있게 하는 일로써 '장기기증'이 가장 인간적이지 않을런
지요.

시인의 눈

사랑의 장기이식 본부에
각막이식 서약을 했습니다.
다른 장기들은 술과 담배로 찌들어
각막만 제공했습니다. 미안합니다.

첫 윙크를 보낸 여인과 지금까지 살면서
마음이 여려 눈물도 잘 흘렸지만
나쁜 것들은 보지 않으려고 애썼으니
어느 분이든 세상을 아름답게 보실 수 있을 것입니다.
혹시 해서 제 안경도 따로 두겠습니다.

한 가지 부탁드릴 일이 있습니다.
저는 평생 책만 읽고 살았답니다.
저의 독서생활이 이어질 수 있도록
가끔 책을 읽어 주셨으면 합니다.
시집이면 더욱 좋겠지요.

시인의 눈이었으니까요.

시인이 일단 세상을 떠나면 남겨진 시들에 대한 배려가 있게 됩니다. 나는 평상시에도 지금 쓰고 있는 작품이 나의 마지막 시인 것처럼 쓰곤 했습니다. 그 '마지막' 의식에서 다음과 같은 시도 쓰여진 것입니다.

마지막 詩

늘 오늘 밤이 마지막 밤이라며
잠자리에 든다.
잠은 죽음의 리허설.

언제나 이것이 마지막 작품이라며
시를 쓴다.
누가 시는 만가輓歌라 했던가.

마지막 술잔
마지막 담배
마지막 키스

그 마지막들 가운데서
마지막의 마지막을 맞으면
모든 것 다 사라져도
마지막 詩만은 남으리니.
마지막 詩는
그때부터가 시작이다.

"시는 만가다."라고 말한 사람은 저 유명한 보르헤스입니다. 그런가 하면 T·S·엘리어트는 "모든 시는 하나의 묘비명이다."라고 했습니다. '만가'나 '묘비명'이나 다 '죽음'에서 비롯되기 때문에, 시에서도 그에 버금가는 의미가 있다는 말이겠습니다.

그러할진대 마지막의 시라면 그 의미를 더욱 강조해야 하지 않겠습니까. 마지막 시화를 「마지막 시」로 끝맺는 것도 유의미하지 않을까 합니다.

'詩話'를 끝내면서
– 이 책의 제목은 어디서 왔나?

영국의 시인 스티븐 스펜더는 젊었을 때 T·S·엘리어트의 "무엇을 하고 싶으냐?"는 질문에 "시인이 되고 싶습니다."라고 대답했다고 합니다.

나 역시 학창시절부터 '시인'이 되고 싶었고, 시인이 된 연후에는 '시인다운 시인'이, 그리고 나이가 들어가면서는 '사람다운 시인'이 되고 싶었습니다.

이 세상에 시가 있으므로 해서 젊은 날의 방황에서도 의미를 찾을 수 있었고, 불혹不惑·지천명知天命·이순耳順·고희古稀로 이어지는 과정에서도 시를 통해 인생을 더욱 깨우쳐 왔습니다.

이 『시는 내게 과분한 축복이었노라』에는 시인의 꿈을 가다듬던 학창시절부터 50년이 훨씬 넘은 지금까지의 시작詩作 과정이 자전적인 내용들을 배경으로 펼쳐져 있는데, 그 제목을 빌어 온 시가 있어 소개해 봅니다.

근황近況

어떻게 지내냐고요?

겨울잠 동물처럼 나 자신 속에 깊이 파묻혀 살아요.
사실은 흙의 시를 많이 써온지라
지금까지 흙에 파묻혀 살아왔지요.
세상 소리 덜 들릴수록 사람이 그립데요.
그렇다고 두문불출은 아니에요.
눈이 오면 대문 밖까지 쓸고
기증본의 감사엽서 부치러 시내 우체국에 다녀오거든요.
육신엔 병이, 집안엔 우환이 겹쳐도
시 쓸 때만은 참 행복해요.
그 한마디 말 찾기란 운명 같아요.
잘못 만난 말들은 사람보다 쉽게 헤어져요.
나이 좀 드니 사람 이름 먼저 잊혀지네요.
소월은 가장 마지막까지 남을 거예요.
이제서야 시가 내게 과분한 축복이었음을 깨달아요.

그런데 참 어떻게 지내시죠?

정말 그러했습니다. 나는 평생 시를 통하여 삶의 온갖 고뇌를 해
소했고, 영혼의 위안을 얻었습니다. 시가 없었더라면 나의 인생은
무의미했을 것입니다.

그러한 시에 대해서 내 능력이 부족한 탓으로 충분한 보답을 하지 못했음을 고백하지 않을 수 없었습니다. 그래서 시는 분명 나의 인생에 축복이었으되 '과분한' 축복입니다.

| 김대규 시인 약력 |

◼ 학력 및 경력

· 경기도 안양 출생(1942. 4.20)

· 1954. 2. 안양초등학교 졸업

· 1957. 2. 안양중학교 졸업

· 1960. 2. 안양공업고등학교 졸업

· 1964. 2. 연세대학교 국문과 졸업

· 1971. 2. 경희대 대학원 국문과 졸업

· 시집『靈의 流刑』으로 등단(1960. 3)

· 안양여고 교사(1964~1972)

· 연세대·덕성여대 강사(1972~1976)

· 안양상공회의소 사무국장(1976~1993)

· 한국문인협회 안양지부장(1971~2008)

· 10대 시인에 선정(1974, 문학사상)

· 예총안양시지부장(1990~2000)

· 중부일보 논설위원(1994~1995)

· 한국문인협회 경기도지회장(1995~1997)

· 경기대학교 문예창작대학원 강사(1996)

· 경기문화재단 자문위원(1998~2005)

· 안양대학교 겸임교수(1998~2000)

· 안양시민신문 회장(2002~)

· 시「야초野草」고등학교「문학」교과서에 수록(2010)

· 한국문인협회 자문위원(2010~2013)

▣ 저서

시집

- 『靈의 流刑』, 흑인사, 1960. 3
- 『이 어둠 속에서의 指向』, 문예수첩사, 1966. 12
- 『陽智洞 946番地』, 문예수첩사, 1967. 7
- 『見者에의 길』, 시인사, 1970. 12
- 『흙의 思想』, 동서문화사, 1976. 5
- 『흙의 詩法』, 문학세계사, 1985. 10
- 『어머니, 오 나의 어머니』, 해냄출판사, 1986. 5
- 『별이 별에게』, 영언문화사, 1990. 8
- 『작은 사랑의 노래』, 한겨레, 1990. 9
- 『하느님의 출석부』, 한겨레, 1991. 4
- 『짧은 만남 오랜 이별』, 문학수첩, 1993. 7
- 『누가 지상에 집이 있다 하랴』, 술래, 1994. 12
- 『어찌 젖는 것이 풀잎 뿐이랴』, 시와 시학사, 1995. 3
- 『흙의 노래』, 해냄, 1995. 4
- 『사랑의 노래』, 해냄, 1995. 4
- 『가을 小作人』, 우인스, 2001. 5
- 『외로움이 그리움에게』, 도서출판 시인, 2010. 9
- 『나는 가을 공부 중이다』, 도서출판 시인, 2010. 11

산문집

- 『詩人의 편지』(공저), 청조사, 1977. 10
- 『詩人의 에세이』, 안양출판사, 1979. 9

- 『젊은이여, 사랑을 이야기하자』, 중앙일보사, 1986. 12
- 『사랑의 팡세』 전 4권, 한겨레, 1989. 6
- 『살고 쓰고 사랑했다』, 시인사, 1990. 9
- 『나의 인생, 팡세』, 문학수첩, 1992. 5
- 『사랑의 비밀구좌』, 술래, 1994. 1
- 『사랑과 인생의 아포리즘 999』, 해냄, 1997. 9
- 『당신의 묘비명에 뭐라고 쓸까요?』, 우인스, 2005. 12
- 『늙은 시인으로부터의 편지』, 한강출판사, 2010. 11

평론집
- 『無意識의 修辭學』, 해냄, 1992. 12
- 『안양문학사』, 우인스, 2005. 12
- 『해설은 발견이다』, 종려나무, 2010. 7

◼ 수상

- 연세문학상(1963)
- 경기도 문학상(1987)
- 경기도 예술대상(1988)
- 경기도민대상(1992)
- 한글문학상(1996)
- 한국시인 정신상(2001)

- 흙의 문예상(1985)
- 안양시민대상(1988)
- 경기도문화상(1990)
- 편운문학상(1994)
- 후광문학상(1998)

┃안양 관련 문예활동 내용┃

Ⅰ. 총괄

　1941년(호적상 1942년) 안양에서 출생한 文鄕 김대규 시인은 고교(안양공고)졸업기념 첫 시집인 『靈의 流刑』(1960)을 간행하면서 문학활동을 시작한 이래, 안양지역에서 다음과 같은 활동을 펼침.

- 「시와 시론」 동인회 주간 (1966~1972)
- 안양문인협회 창립, 회장 (1971~2009)
- 관악백일장주관, 주최 (1971~2009)
- 안양여성백일장 심사, 주관 (1978~2009)
- 안양여성문인회 창설, 지도 (1978~)
- 글길문학회(구·근로문학) 창설, 지도 (1980~)
- 안양문화원 이사 및 자문위원 (1980~)
- 안양예총 창립, 회장 (1990~2000)
- 문향동인회 창설, 지도 (1996~)
- 안양시민축제 집행위원장 (2001~2004)
- 『안양문학사』 집필 발간 (2005)
- 안양문화예술재단 이사 (2008~)
- 안양예총, 안양문인협회 명예회장 (2008, 2009~)

Ⅱ. 조형물 문안 부문

- 안양시민헌장비 (안양시청)
- 현충탑진혼시 (현충탑)
- 독립유공자 기념탑헌시 (자유공원)
- 고·윤국노의원 묘비추모시 (청계산)
- 6·25 참전공적비 헌시 (평촌도서관 옆 공원)
- 베트남참전용사 기념탑헌시 (운곡공원)
- 안양정기 (예술공원)
- 만안각기 (석수동)
- 노동교육원 준공 기념탑시 (여주)

Ⅲ. 작사 부문

1. 안양시민의 노래(김동진 작곡)

2. 안양시 로고송

3. 안양시 시승격 40주년기념 합창곡 「안양판타지」 **작사**(김준범 작곡)

4. 애향동요　　· 여기가 안양이다
　　　　　　　· 새처럼 별처럼

5. 교가　　　　· 안양과학대학교　　· 호성초등학교
　　　　　　　· 제일실업고등학교　· 호암초등학교
　　　　　　　· 전진상좀머스쿨

6. 사가(社歌)　· 풍강금속공업(주)　· 캐피코(주)
　　　　　　　· 삼아약품공업(주)　· 대영모방(주)
　　　　　　　· 광성기업(주)　　　· 삼아알미늄(주)
　　　　　　　· 한진화학공업(주)　· 협동화학(주)
　　　　　　　· 중앙제지(주)

7. 시노래　　　· '엽서' (노용문 작곡)
　　　　　　　· '가을의 노래', '사랑잠언' (최창남 작곡)
　　　　　　　· '사랑의 무인도' (조운파 작곡)
　　　　　　　· '사랑잠언' (이현섭 작곡)
　　　　　　　· '구름에 바람에' (이현섭 작곡)
　　　　　　　· '사랑이란' (이현섭 작곡)
　　　　　　　· '나무' (최창남 작곡)
　　　　　　　· '두개의 짐' (국현 작곡)

8. 기타　　　　· 새안양회 회가
　　　　　　　· 대동문고의 노래
　　　　　　　· 신영순병원의 노래

詩는 내게 과분한 축복이었노라
－나의 詩, 나의 人生

초판 인쇄 2016년 12월 12일
초판 발행 2016년 12월 22일

지은이   김 대 규
펴낸이   장 호 수
디자인   김 은 숙
인쇄·제본   (주)금강인쇄
펴낸 곳   도서출판 시인
            등록번호 제384-2010-000001호
            등록일자 2010년 1월 11일
            13992 경기도 안양시 만안구 안양로 320번길 20(안양동) B동 2층
            Tel 031-441-5558 Fax 031-444-1828
            E-mail : siin11@hanmail.net / www.siin.or.kr

ⓒ김대규 2016 printed in Seoul, Korea
   ISBN 979-11-85479-09-5

정가는 뒷표지에 있습니다.